凤凰引读者

ZOUDAO ZUIQIANMIAN

走到最前面
母爱的力量

朱文泉 著

江苏凤凰文艺出版社
JIANGSU PHOENIX LITERATURE AND ART PUBLISHING

图书在版编目（CIP）数据

走到最前面：母爱的力量 / 朱文泉著 . -- 南京：江苏凤凰文艺出版社，2025.1
ISBN 978-7-5594-8505-2

Ⅰ . ①走… Ⅱ . ①朱… Ⅲ . ①散文集—中国—当代 Ⅳ . ① I267

中国国家版本馆 CIP 数据核字 (2024) 第 053315 号

走到最前面：母爱的力量

朱文泉 著

出 版 人	张在健
责任编辑	姚　丽　孙建兵
责任印制	杨　丹
出版发行	江苏凤凰文艺出版社
	南京市中央路165号，邮编：210009
网　　址	http://www.jswenyi.com
印　　刷	江苏凤凰新华印务集团有限公司
开　　本	787毫米×1092毫米　1/16
印　　张	10.75
字　　数	61千字
版　　次	2025年1月第1版
印　　次	2025年1月第1次印刷
书　　号	ISBN 978-7-5594-8505-2
定　　价	29.80元

江苏凤凰文艺版图书凡印刷、装订错误，可向出版社调换，联系电话025-83280257

"凤凰引读者"丛书

总　序

随着社会的飞速发展，提倡读书的各种活动越来越受到重视。显然，我们追求的中国特色的社会主义现代化，我们所企盼的全面建成小康社会的目标，离不开文明，离不开阅读，离不开民智的开发与愚昧的消除。毛主席讲过，随着经济建设的高潮将会出现文化建设的高潮；邓小平讲过，物质文明与精神文明两手都要抓，两手都要硬。"三个代表"的重要思想里包含着对于先进文化的追求。文化自信则是所有自信中最根本的自信。阅读的提倡，是"中国梦"的题中必有之义。

早在二十年前，时任国家图书馆馆长的任继愈先生就提出，我国需要脱贫，同时需要脱愚。

脱愚需要从多方面下手，其中不能忽视的一条就是读书。因为书是文化的载体，是思维的荟萃，是智慧与品德的结晶，是精神遗产的大成，是人类发展自身的精神品质、精神能力，提高自身精神境界，改善自身精神面貌的必由之路。当然，仅仅读书是不够的，人还需要总结实践经验，需要融会贯通，需要实事求是，需要通情达理，需要以世界为师、以自然为师、以人民为师。同时，你仍然找不到比读书更重要、更切近、更普及的探寻智慧与文明的入口。

我常常被青少年问及意欲向他们推荐的书目。尤其在这个信息爆炸，新媒体正在便捷、海量、平面、碎片化地整日提供真伪莫辨、优劣难分的信息的年代，在人们日益以浏览手机屏幕代替郑重阅读，在涌现出大量人云亦云的"万事通"的年代，我们更要回归经典，补上经典，补上那些经过千百年的历史的考验，确已证明了它的价值与不朽的经典书籍。

太好了，出色的教育家朱永新先生与优秀的作家、出版家聂震宁先生挑起了为青少年造福、为阅读烛照、为未来奠基的大梁。他们策划的书目，繁简合度，雅俗适当，中外兼顾，古今通达，而且本本都是久经考验、充实精到的上品，是人类文明、中华文明的花朵与骄傲。它们首先适合青少年阅读，同时也适合全民提高上进。有这样一个书单和没有这样一个书单，显示了知性程度的深浅；出这样一批书与不出这样一批书，显示了出版眼光的雅俗；读还是没有读过这样的书目，在一定程度上标志着国人阅读与文明水平的高低。正像我提出过"吐槽《红楼梦》"是中国的"网耻"一样，朱、聂二位的贡献则是中国文化建设不可不书的一笔。我为之欢呼，我为之推荐，首先我自己也要从中补课！岂止要亲近经典，更要通经用典，呈现一个更文明、更智慧、更有魅力的伟大中华！

王蒙

2017年5月16日于北京

序

母爱是一门学问

朱永新

读完此书后,我对传统的中国家庭教育尤其是中国的农村母亲有了一些新的认识。我从作者朱文泉身上看到了他的母亲叶珍的影子,看到了一位中华人民共和国高级将领成长的基因。

第一,叶珍是一位朴素而有着自觉的教育意识的母亲。长期以来,中国社会由男性价值观主导,有着男尊女卑的封建传统。父亲具有绝对权威,母亲则是父亲的附庸。叶珍就是这样一位母亲。她一生怀孕13次,生下8个孩子,活下来4个。虽然家境贫寒,但是叶珍坚持节衣缩食,供孩子们上学,特别是同样支持女儿努力完成学业。在重男轻女的年代,她能够打破性别界限,坚决支持女孩子读书,确实是非常不容易的。这说明她对于教育改变命运有着朴素的认识,能够自觉意识到教育价值。

第二，叶珍是一位有着智慧爱的优秀母亲。爱是人类最伟大的情感。爱孩子，在一定意义上是母亲的本能。鲁迅先生说过，爱孩子，这是连母鸡也会做的事情。这本身没有问题，爱孩子是教育孩子的重要前提。本书开篇《摘瓜花》，就是一个充满智慧爱的故事。文泉三四岁的时候，追小花猫到了番瓜地，他看到好玩又好看的番瓜花，情不自禁地摘了好多。这可是未来的果实啊！母亲发现后，虽然表情有些严厉，但是并没有因此喝斥、体罚他。她知道这是孩子的好奇心使然。于是，她耐心地告诉孩子："这个不能摘，摘了就不结瓜了。番瓜是好东西，灾荒年能救人的命。"当天晚上，这些番瓜花成为全家人的盘中餐。文泉爸爸问哪里来的这些番瓜花，母亲打马虎眼："我们尝尝鲜吧。"

第三，叶珍是一位注重品德教育的母亲。本书的《砸饼砣》，讲的是父母外出、文泉看家时发生的故事。文泉看家期间，他与小伙伴玩砸饼砣的游戏，输了不少地瓜干。母亲回家后问他，为什么地瓜干少了那么多，他无言以对，只能含糊其辞。在母亲的引导下，他讲出了实情。母亲告诉他："瓜干可以有坑，品行不能有坑。"这句话，让文泉记了一辈子，因为自此"心灵，被妈妈擦亮"。

第四，叶珍是一位以身作则的母亲。《拐磨》中母亲带着文泉拐磨，这个故事也让人印象深刻、心生感动。母亲在拐磨中说的话，让文泉懂得了劳动的价值；而母亲即使很累，也带着他坚持拐磨，这件事让文泉既获得了一个劳动谋生的技能，还锻炼了吃苦耐劳、不怕困难的品质。

第五，叶珍是一位善于激励、正面教育的母亲。印象最深的是《走到最前面》这篇文章。文泉回忆，去响水中学报到的那天，他和同学们走在家西侧大堤的路上，边走边说时，母亲挥手向他喊道："小大子（文泉的乳名），朝前面走，走到最前面去！"。从此，"走到最前面"这一句话一直印在朱文泉的心中，也足足影响了他的一生。他说，这句话让他从普通的士兵成长为将军，这句话也已经成为他们全家最宝贵的财富，成为留给儿孙们永恒的家族遗产，成为世代培育孝子贤孙的家训。

读罢全书，我感动感佩感慨。它不仅仅是一本纪念父母、感恩母亲的书籍，更是一本关于如何做母亲的教科书。感谢朱文泉将军和他的家人，为孩子们留下了如此丰厚的精神财富，为家长们提供了这本生动的教科书。母爱是一门学问，叶珍是一面镜子，值得所有的母亲学习。

（作者系全民阅读形象代言人、中国陶行知研究会会长、苏州大学新教育研究院教授、新教育实验发起人）

目 录
CONTENTS

摘瓜花 /001

砸饼砣 /006

滚铁环 /012

温馨的瓦罐水 /023

养　鸡 /029

牧　牛 /040

割　草 /045

菟丝豆 /050

拐　磨 /057

敬　师 /061

烟袋嘴的灵性 /068

三次挨打 /075

走到最前面 /086

好男儿当自强 /091

姐妹情深 /107

公事如铁 /121

跪　哭 /131

家　风 /142

代后记 /156

CONTENTS
目　录

摘瓜花

老家的小瓜和番瓜是我最难忘却的。小瓜,也称菜瓜,果实呈长筒、椭圆形,表皮光滑,呈淡绿或绿白,肉脆而多汁。小瓜生吃可充饥解渴,切成片、撒些盐、放点蒜泥,就是夏日之佳肴;亦可炒熟吃;若剖开腌制,晒成瓜干,切丝,乃下酒好菜,可与海蜇媲美。番瓜,又叫南瓜,形似圆桶、磨盘,根部短而细,头部大而

粗，小孩都抱不动。番瓜是人类的朋友，既可当主食，又可当菜蔬。其药用价值更妙不可言：调理"三高"，养胃护眼，养颜补血，消炎止痛，保肝壮阳，增强抵抗力、免疫力。

三四岁时，我刚记事。某日，母亲说她在前面地里干活，叫我好好睡午觉。我躺在柳条编的长卧篮里，闭起眼睛装睡觉，却被母亲一会儿就哄睡着了。不知睡了多长时间，醒来后我四处张望，屋里空荡荡的，就想出去玩玩。门是关着的，但从门缝能看见外面，我用力从一扇门的下面扒开，而后爬了出去。外面也是空荡荡的，忽然一只小花猫跑过来，玻璃球似的大眼睛盯着我。小花猫跟我说话，我听不懂，就追着它玩。它往屋后跑，我就追到屋后，但见它跃起一蹿就钻到瓜地里去了。

咦，这是一个什么世界呀？一片绿叶子在微风下来回摆动，小黄花在绿叶间时隐时现。我好

奇地走近瞧瞧，花儿金灿灿，叶子像把伞，中间凸起的部分又像小旗杆。我用手摸摸，黄粉黏黏的，沾了我一手。有的花瓣包在一起，用手一碰就掉下来。后面还有个小纽纽毛茸茸的，一扭也扭下来了。这太好玩了，我就一个一个碰，一个一个扭，没用多少时间，周围一大片瓜纽全被我拧下来了。我把它们收拢在一起，堆起摊开，摊开堆起。我仔细欣赏着自己的"劳动果实"。

突然间，一个小东西（当时我不知道它叫蜜蜂）飞过，我盯着看。它在空中飞了两圈，落到一个更大的花瓣上。我悄悄靠近，它不理我，只顾低着头、弓着屁股，不知在干什么。这里的花瓣不像伞，像喇叭，中间有的凸起，有的却是平整的。喇叭开得很大，有的很有精神，有的却无精打采。还有的叶瓣缩在一起，扒开一看正在花蕊中睡觉呢；更稀奇的是后面有个小棒槌，青色的、嫩嫩的，可爱极了。我索性放开手脚，有精神的、没精神的、正在睡觉的，统统摘下来收拢。转眼又堆了几大堆，我正准备庆贺胜利时，"危险"来了。

"小大子，小大子！"我扭头一看，母亲已站在我的面前。我心里害怕，两腿抖动，心想今天要挨打了。

母亲看出了我的心思，弯下腰说："乖乖别怕，妈不打你，你还小，不知好歹。"稍许，又指着花蒂说："这个不能摘，摘了就不结瓜了。番瓜是好东西，灾荒年能救人的命。"

晚饭，桌上多了一道菜，油炒番瓜花。父亲问是哪来的，母亲笑着说，我们尝尝鲜吧。

此后，我幼小纯洁的心田，开始孕育和编织爱的传奇！

砸饼砣

"滨阜涟灌响,穷得叮当响。"1950年左右的苏北,农民的生活还是很苦的。每到冬春,不少人家上顿不接下顿,有的甚至出去逃荒要饭。我家因为父母会种田,又会过日子,温饱基本可以维持,但在冬春农闲季节,常用独轮车(父亲在后面肩系车襻用手推,母亲在前面肩垫垫子用绳拉)给人家运盐运粮,以贴补家计。

那时，我才六七岁，他们出门就叫我在家看门。好在父母运货都在王集、双港一线。我家处在中间，他们路过家门口，进家先看我，再抄起水瓢咕噜咕噜喝完水就走。

看门很枯燥。母亲就用地瓜糖把几个大铜角子粘起来制成"饼砣"，从抽屉里拿来几个中等铜角，叫我砸饼砣（砸钱堆）玩儿。开始我很喜欢，但我常砸不着铜角，甚至连垫在铜角下面的砖头也砸不着，没多长时间我就玩腻了。

邻居花小哥过来教我，我兴趣来了。怎么握砣、瞄准、用力，他讲得一清二楚。但是我一举手就砸歪了，有点灰心。花小哥比我大五六岁，家里生活十分拮据。他很耐心地教了我两天，我偶尔也能砸着了。一日，他提出肚子饿了，能不能给他几根地瓜干。我说可以，便到屋里去拿。

我家的地瓜干是有数的。上箩筐母亲用东西封好不让动；下箩筐被压得很紧，我只能用手一

根一根地往外捏，好不容易捏出一小把给他。

因为能砸着了，我兴致又高了。花小哥提出咱们比赛比赛吧。我说，不能比，比不过你。

花小哥说："你已经会砸了，肯定能赢。"

我说："我不信。"

他说："不信你试试看。"

开始几轮我砸不上，他也砸不上，这增加了我的信心。第五轮砸下来，我赢了一个铜角，心里欢喜。上午结束时，我又赢了一个，这让我情绪高涨。

下午，花小哥说："咱们一次放两个铜角吧。"我说"好"。前三轮谁也没砸下，第四轮花小哥砸下了，他一下赢了两个，上午赢的"还给"人家了。我不甘心，又放上两个，输了，再放，再输。手里六个铜角输光了，我很气恼："不砸了。"

第二天我还想砸,又从抽屉里拿了六个铜角。家里铜角不多,怕大人发现我就用鞋骨子(纳鞋底剪下的边角料)从下面垫高,上面形状保持不变。

花小哥来了,我顿时燃起"复仇"的火苗。说来也怪,我连胜两局,但砸到下午,手里六个

铜角又输光了。他让我再拿，我说家里没有了。他说那就用地瓜干换铜角吧。一个铜角两根瓜干，十二个铜角回来了，家里的地瓜干又少了一大把。

如此八九天，我愈砸愈输，愈输愈砸。遭殃的是，箩筐里的地瓜干被掏出了一个坑。

一批货运完了，父母回来了。母亲一做饭就发现地瓜干少了不少，她望了望我，没吱声。我也小心地瞅了瞅母亲，心里怪不是滋味的。

开始那几天，父母忙里忙外没顾得上这事。

某日晚饭后，母亲把我叫到箩筐前问道："小大子，瓜干怎么少这么多？"我不想说谎话欺骗她，也不敢说真话怕挨训，只好噘着嘴不吭声。

稍许，母亲换了个口气："乖，你在家看门，也很听话。瓜干少了事不大，你跟妈说实话就行。"

我就从头到尾把事情经过全部告诉了母亲。

母亲说:"你是好孩子,其实你不说妈也能猜到八九分,前几天妈就发现了,妈没说。花小哥没得吃,给他一点也没啥,但是要跟妈妈讲。事虽小,勿擅为。开头就讲是诚实,现在讲也是诚实,当然开头就告诉妈妈更好,'诚实'是人生的'路单'。"

母亲看看我,双手把我拉到面前,加重语气说:"长大了要记住,瓜干可以有坑,品行不能有坑。"

等我长大了,参军了,我为国家出力了,看到了花花世界,也经历了风风雨雨。有官行私曲者跌入钱坑,经不起女色诱惑者陷入情坑,掉进水坑淹死、跳进火坑烧死、滑进泥坑憋死、踏进粪坑臭死,凡此种种。我一直谨记这句话。

"品行不能有坑。"心灵,被母亲擦亮。

滚铁环

大约在我上三年级时,一日上课前,有几个同学在滚铁环,其中一个姓陈的同学特别显眼。我以前从没见过铁环,便走近向陈同学询问"铁圈"从哪儿买的。他说:"这不叫铁圈,叫铁环,是城里的亲戚送的。"我又问那"小圆球"是干什么用的。"这不叫圆球,叫铜铃。"他有点不耐烦,说完推着铁环一溜烟跑了。

和煦的阳光映射出浓浓春意,操场上的点点小草争着破土,从远处望去,草色连成一片。穿着别致的陈同学,快速地滚着铁环,转了一圈又一圈,带着穗子的铜铃声一阵又一阵,令人羡慕不已。我有点失落,呆呆地站在那里。要不是上课铃响,我都忘记自己身在何处了。

放学回家的路上,我思索着,城里有个亲戚真好。但转念一想,不就是个铁环嘛,咱不能自己做一个吗?于是,一到家我就放下书包,拿了一把镰刀,径直走到与韦家搭界的田埂上。我转来转去,最后砍下五根长长的、粗细适中的柳条。母亲问:"小大子,你做什么呢?""做柳环。"我先把一根柳条弯曲对接,觉得圈太大,再弯曲时,用力过猛,柳条折了。我又拿第二根、第三根,还是同样的结果。第四根圈子大小合适了,但柳条根部与柳条上部粗细不同,削成坡面对接时,怎么也扎不紧。最后还是在母亲的

滚铁环

帮助下，她找来细麻线，一道一道给扎得结结实实。

到哪儿去弄滚"柳环"的钩子呢？晚饭后，我正寻思着，看到母亲用火叉清理锅膛灰，我眼前一亮。这火叉上不就有钩子嘛。于是我拿着它到"柳环"上比画，发现这个钩是反钩，要向前再旋转一百八十度才能变成推铁环的钩子。我问母亲怎么办，母亲琢磨了一会，便拿来钳子和铁丝，剪剪敲敲，做了一个弯钩绑在火叉上，再一比画，勉强可用。我心里充满了欢喜。

第二天是星期天，我早早起来拿着"柳环"和钩子到社场上，准备痛快地滚上一回。哪料到柳环不太圆，推不到几步就要倒地。尤其柳根与柳梢接合部有突出，钩子推到此处需要用手拧一下，让钩子挪过去才能继续推，否则就推不过去。不一会儿，我出了一身汗，凑合着过了把瘾。

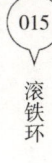

第二天放学回来，新的情况发生了。由于一开始柳条是鲜嫩的，割下两天后水分干了，尤以柳梢部分萎缩得更为明显。柳环从接合部脱离，解体了。人家自愿分离，咱也无法让其"重圆"。因受昨日母亲的启发，我拿来几圈铁丝，又试着做一个"铁丝环"。一根铁丝太细，四根铁丝才能做成铁环那么粗。于是我又在母亲帮助下，用细麻线一道一道缠紧。这下倒结实，但是钩子与细麻线之间无法润滑磨合，放到地上根本滚不动。我只好弯腰用手推着"铁丝环"转几圈了事。

母亲看到我扫兴的样子，劝我说："乖，别扎了，还是买一个吧！"

晚饭后，桌子上已被拾掇干净，煤油灯一闪一闪，我听着父母的对话。

母亲先开口："小大子喜欢滚铁环，你给他买一个吧。"

父亲说："小孩谁不喜欢玩，滚铁环能滚出什么名堂？"父亲把身子一转对着我说："好好读书！"说完他便到东头房睡觉去了。

我望着母亲无奈的样子，又感激，又气愤，便嘟囔着走向西头屋："我长大了不止买一个铁环，我要买一百个铁环！"

后面几天，母亲对父亲没有好脸色，我也不愿跟他在一起，吃了晚饭我就进西屋。一日晚饭后，父母又开始对话，我便蹑手蹑脚走到门旁，伸长脖子侧耳细听。

父亲若无其事地说："你好像不高兴？"

母亲说："孩子不高兴，我怎么高兴？买个铁环有什么了不起？"

父亲说："我不是怕影响他念书嘛！"

母亲说："你不买他就念书啦？这两天他用柳条、铁丝做铁环都没做成，就是想有个真铁环滚滚。你买给他，他不就安心读书了嘛，你不买，他反而不好好念书。"

父亲说:"非要滚铁环吗?踢毽子、跳绳不也行嘛!"

母亲说:"踢毽、跳绳是可以,女孩子更喜欢,男孩子喜欢追逐、斗胜,滚铁环更适合他们!"

父亲说:"滚铁环能滚出什么本事?"

母亲说:"怎么不是本事,你推独轮车不是本事吗?开始你推盐,左右摇晃不敢多推,推了几趟不就平稳了嘛,滚铁环也是这个理!小大子多运动,长身体,运动以后读书灵,这不就是长本事嘛!"

父亲说:"这话倒不假,可我怕他玩出瘾来。"

母亲说:"不会的,也不是常玩。小孩玩东西都是一阵一阵的,过一两年长大了,兴趣可能又变了呢。"

父亲说:"嗯。"

我听得入迷,满脸都是泪水。

又过了三天，父亲从街上带回一副铁环。父亲高兴地告诉我说，街上没得卖，是在铁匠铺新打的。我琢磨不能过于高兴，便故作平静地接过铁环，放在一边。一连几天心里痒痒，但我提醒自己现在不能滚，不然父亲不放心。

终于熬到了星期天。我吃过早饭，束紧裤带，穿好褂子，思量今天要滚个痛快。如同出征，我先活动一下胳膊和腿，而后在房间扫视一周，便拿着铁环，肩扛着钩子，快步走到社场滚了起来。开始我找不到用力点，滚几步环就倒下来，尤其低头盯环，不敢用力，愈慢愈容易倒。后来我试着直起腰板，眼向前看，用力快推，脚步跟上。环既倒不了，又跑不了，始终能在我的手钩的控制之下。试着滚了几圈之后，我既能让它快，又能让它慢，还能让它跑。我既可直腰，又可弯腰。我发现我稍向前倾、弯点腰，滚环滚得更快。到了晌午，我能一口气滚上二十圈，环

随钩使、钩听人唤，感觉运用自如。

望着太阳已指向正南，摸摸身上衣服已经湿透，我心想坏了，滚铁环的时间太长了。我急急忙忙赶回家，看到父亲正坐在堂屋望着我，我知道挨训是少不了了。父亲招呼我坐下，我立即正襟危坐。父亲说："你滚得不错，小男孩玩就好好玩，念就好好念，磨刀不误砍柴工。"父亲的话使我感到意外。后来才知道父亲当时就在社场草垛旁，一边和人聊天，一边看着我滚铁环。旁边的两人都夸奖我在校成绩好、表现好，父亲心里高兴。

晚上，母亲说："你爸今天高兴，铁环买了，你也会滚了。妈妈希望你除了有比赛，否则别把铁环带到学校。在家滚的时间不能太长，念书要比以前更好。"我想这是与母亲的"约法三章"，我说："妈妈放心，我能做到。"

几个月后，学校组织滚铁环、跳绳、踢键子

比赛。我们铁环组十二人，经过两轮淘汰赛剩下三人。三人赛我先赢一局进入决赛，对手恰巧是那位陈同学，我心里有点怵。开始十圈我只是尾追；第二个十圈，难分伯仲；最后几圈发现他体力不支，我一发力冲了过去，随后一路领先，夺魁。

颁奖时，我发现陈同学有点不悦。他的那个铁环上铜铃依然还在，不过穗子已经旧了，不那么鲜艳了。

1956年秋，我考进了响水初级中学。报到前，我把铁环擦干净包好，挂在墙上，对母亲说"不要动"。

两年后暑假，我回到阔别的家，发现铁环不见了，母亲告诉我都被搜去炼钢铁了。我心一惊，想到我们学校那个小高炉，大家把搜集来的废铁扔到炼钢炉熔化，冷却后成了一堆铁疙瘩。我舍不得我那心爱的铁环：你，为我折桂，为钢牺牲，为国奉献，功不可没，将来我要写文章纪念你。

多少年后，我已经当了军长，到大别山区勘察地形。路上正好碰到一群孩子在滚铁环。我下车走近他们，问他们谁滚得快，一次能坚持多久，有没有带穗子的铜铃。他们似乎认生，或者听不懂我的话，交谈了几句，一个大孩子滚起铁环，哗啦一声跑开，别的孩子也跟着一哄而散。尽管如此，我还是很高兴，因为这个久违的场景把我带到童年的回忆中：陈同学的铁环和我做的柳环、铁丝环，母亲为我争取来的铁环……

我感激母亲的爱与信任，也感激父亲听从母亲的劝说。一位社会学家说得精辟：母亲可以没有文化，但要有智慧。我的母亲就是这样一位有智慧的母亲。

温馨的瓦罐水

每当想起母亲，我时常会想起小时候用过的青灰色的小瓦罐，想起全家共用一个小瓦罐洗脸的温馨画面。

那是一个很小很小的瓦罐，口，小小的；脖子，细细的；脚（底子）也是小小的；肚子，圆圆的、鼓鼓的。很可爱。我不知道它能装多少水，只记得每逢冬天，母亲烧好早饭后，用水瓢把小瓦罐盛满，小心翼翼地送进锅膛里，用火叉把周围余火煨在小瓦罐的边上。

母亲心里有个时间表。一般情况下，父亲一大早拾粪回来，小瓦罐里的水也就差不多煨热了。等父亲把一切收拾停当，母亲就会把锅膛里的小瓦罐掏出来，抹抹灰，放在小凳子上，给全家人洗脸。我家洗脸还是有点规矩的。父亲第一个洗。他洗脸很讲究，也很仔细。洗脸前，先把外袄脱掉，再把衣服袖口卷起来，领口塞进去，而后把手伸进小瓦罐里试一试水温。感觉可以了，就把毛巾放进小瓦罐里，浸透水，提上来，稍拧一下，然后按照额头、眼眶、颧骨、下巴、脖子、耳根的顺序在脸上搓洗，这算是第一遍，接着再洗第二遍。第三遍算是尾声，父亲会把毛巾放到罐子里重新淘一淘，拧干，再把手擦一擦，叠好盖在瓦罐上。父亲洗完后，就轮到我了。母亲知道我不愿洗，每天早读回来，母亲就哄着我："小大子，过来洗脸。"她看我有点磨蹭，常常做出好像很急的样子催我："快点，快点，妈还有事。"我就凑过去，先把眼睛闭上，让母亲擦擦眼上的眵；又把左边脸、右边脸贴过去，让母亲洗净脸上的灰。母亲还会把我的耳朵翻过来，把耳背、耳根也擦一遍。洗到脖子时，我就主动把下巴抬得高高的，有时还会有"灰线沟"，那是玩耍时出的汗与灰尘粘在一起，在脖

子里积成的一条长线。母亲常会一边擦一边笑话我："还不让擦？这么粗的'蚯蚓'！"有时母亲下手重了，我就会叫，不耐烦地喊"慢点"。最后一个环节是洗手，母亲会把毛巾淘一遍，把我的手心擦擦，手背擦擦，拧干，再把我的手指丫擦干净，整个程序才算结束。每到此时，我便长长地舒一口气。其实从洗脸开始，我就盼着快点结束。我洗完了，才轮到母亲。母亲洗脸如干活，干净利落。先把脸擦一擦，再淘一淘，把脸、手都擦一下，又快又不讲究。

全家脸都洗完了，母亲又把小瓦罐放到锅膛里。待早饭后收拾完碗筷，母亲再把瓦罐掏出来，淘淘抹布，用洗脸水来擦桌子。等擦完后，母亲还放着瓦罐，等里面水凉了，再浇到菜地里去。母亲懂得，用瓦罐水洗了脸又抹了桌子，水里有营养，浇菜菜肯长。同时，母亲也节省了每一滴水，一举三得。

小小瓦罐，记录了二十世纪四十年代末五十年代初苏北农村的家庭生活片段。现在五十岁以下的人，大概无法想象那个年代。一切仿佛那么遥远，一切又像在说故事，但都是真切的事实。那时洗脸，家里没有脸盆，小瓦罐就是我家的脸盆。一家人同洗一罐水，没有觉得日子苦，反而感到很温馨。

小小瓦罐，盛的是水，更是母亲满满的爱、浓浓的情。那是一个母亲在用心经营这个家庭，用爱温暖家庭中的每一个成员。我多么想再回到从前，重洗瓦罐水，重温瓦罐情。

小小瓦罐，折射出母亲的智慧，诠释着母亲持家的理念……抚今追昔，我感慨万千。现在我们的生活好了，一些人反而觉得没有幸福感，这是为什么？因为缺乏比较，不知道过去的苦，也就体会不到今天的甜，身在福中不知福。现在应该进行一种"对比教育"，让大家能更好地传承革命先辈筚路蓝缕、艰苦创业的优良传统，去创造更加灿烂、辉煌的明天。

古人云："由俭入奢易，由奢入俭难。"这一箴言，每一代人都当牢记！

养　鸡

刚上小学时，有个同学常在早读前吃个鸡蛋，炫耀自己。那个年代很穷，每天能吃上鸡蛋真令人羡慕。我回家告诉母亲，她没有吱声，随后说了一句"他家生活条件好"。

不久，鸡圈里多养了几只鸡。父亲胃不好，母亲早上照例要打个白水荷包蛋或煮两块饼给父亲当早茶。养鸡后，也时常煮一个鸡蛋，等我早读回来吃。我问母亲，为什么不让我吃了再去早读呢？母亲说："吃了鸡蛋肚子饱，念书不专心。肚子空，书才念得进。"现在看来，母亲这样做还是有些科学道理的。

二十世纪五十年代的农村，农民除了养猪，就是养鸡养鸭。有一回我问母亲："鸡蛋都给我们

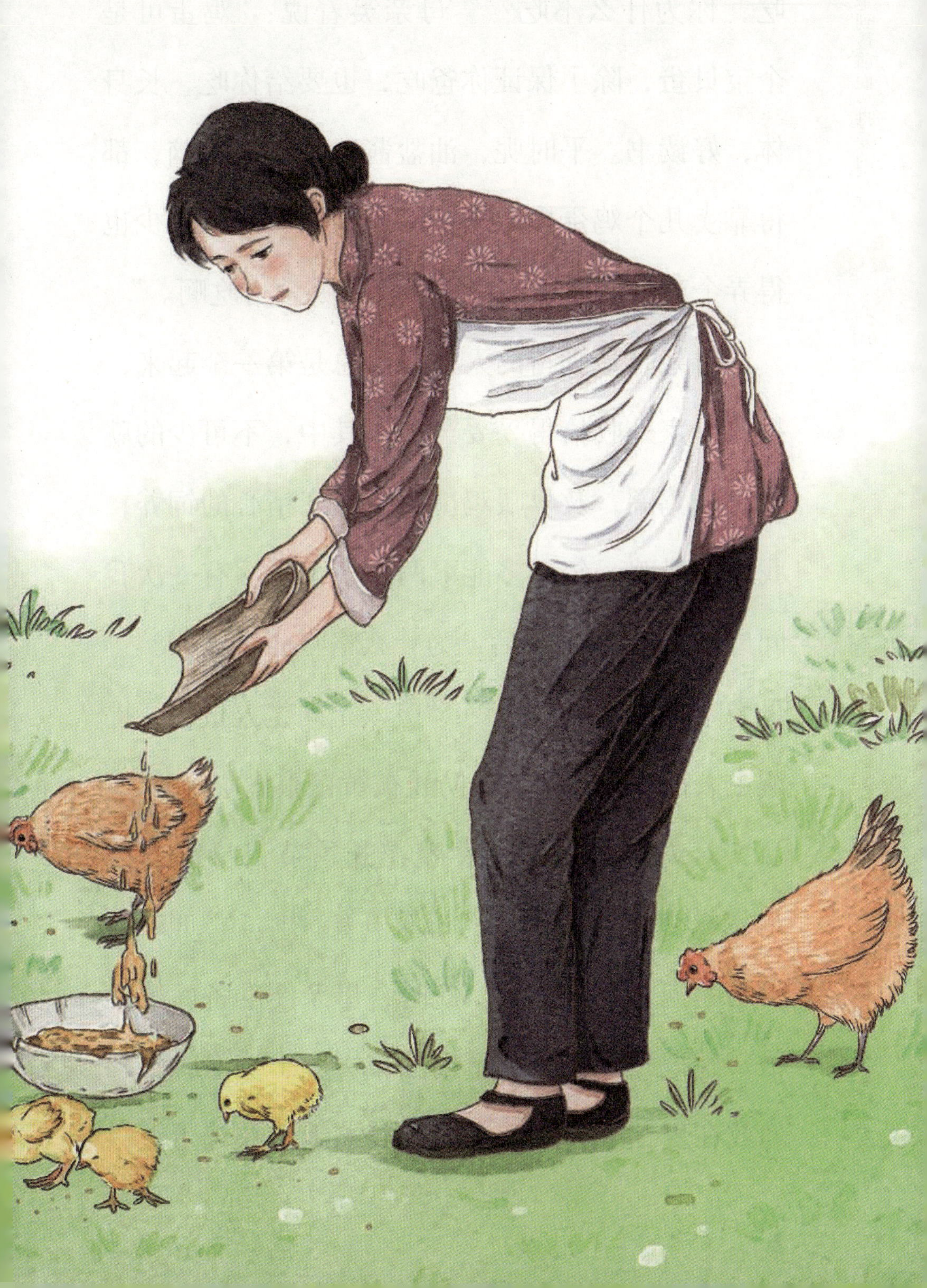

吃，你为什么不吃？"母亲笑着说："鸡蛋可是个宝贝蛋，除了保证你爸吃，也要给你吃，长身体，好读书。平时呢，油盐酱醋、针头线脑，都得靠卖几个鸡蛋换回来。来个亲戚朋友，多少也得弄个鸡蛋炒韭菜招待一下，妈哪舍得吃啊。"

母亲是最勤奋的人，早晨总是第一个起来，把家里家外收拾得妥妥当当。其中，不可少的就是打开鸡圈，及早喂鸡。由于母亲精心的饲养，我家的母鸡一年最多能下两百多个蛋。有一次我问母亲："母鸡下蛋后，为什么咯咯叫个不停？"母亲略带思索后告诉我："应该是向主人报喜，提醒主人把鸡蛋收回去，防止被黄鼠狼偷吃了。"

养鸡并非易事。春暖花开季节，母鸡与公鸡完成交配之后，有的母鸡开始"咕咕"叫唤，发出"抱窝"的信号。此时，母亲便准备好软麦秸。她把二十来个鸡蛋用软布一个个擦净，平整地放在麦秸上。母鸡则小心翼翼地趴在鸡蛋上，微微展开双翅，把窝里的所有鸡蛋罩得严严实实，静静地等待做母亲的幸福时光。其间，它还会用爪子或头给鸡蛋翻身，以便均匀受温。

每天晚上收拾停当后，母亲坚持查看鸡窝，视情形给母鸡喂点食、倒点水。快到一周时，母亲会点个煤油灯，左手端着灯，右手从鸡窝里拿出鸡蛋逐个在灯下照，顶端有一部分小空隙的蛋才会放进去，没有空隙的便挑出来。我问母亲为什么，她说："没有空隙，就没有空气，小鸡就会闷死在里面。"

大约三周后，鸡蛋里就会传出"吧吧吧"的声音，那是小鸡在啄壳了。它们先是把蛋壳啄出一个小洞，洞慢慢变大；它们尖尖的小嘴钻了出来，然后整个脑袋探出来；最后就是蛋壳彻底裂开，湿漉漉的小生命诞生了。约摸又过了一周，整窝小鸡就出齐了。

我感叹生命的神奇，禁不住问母亲："母鸡

趴在蛋上，蛋怎么就变成鸡了呢？"母亲望望我，带点惊奇地说："小大子，妈没文化，怎能说得清，可能是鸡祖宗留下的本事吧！""那我长大了，弄清楚！"母亲听我这么说，便板起面孔："妈叫你念书，长大了到外面去做事，不是叫你在家研究'抱小鸡'的！"我见母亲不高兴，似懂非懂地点了点头。

那段时间，我在课堂上老是心不在焉。眼睛盯着黑板，我心里却想着小鸡：刚出生的小鸡可爱极了，一个个就像毛茸茸的小黄球，一走一倾，懵懵懂懂地睁着小眼睛，好奇地打量着陌生的世界。我盼着早点放学，早点回家，去喂东西给它们吃，去摸它们的小脑袋。我想看走失的小鸡"叽叽"地叫，又被母鸡"咕咕"地叫回来。过一段时间，小鸡可以晒太阳了，躺的、卧的、打盹的、觅食的、抖翅的，神态好玩极了……

课间铃响了，我以为是放学，挎起书包急

匆匆回家了。母亲说今天放学这么早，我嗯了一声，直奔那些毛茸茸的小黄鸡……

坏了，老师跟随到家，询问家里有什么事，并告知我在校的表现。父亲立即向老师表示歉意，责备自己教子不严。

晚上，我做好了挨揍的准备。不料，母亲抢先说："今天不打你，你长大了，也懂事了。前天那个说书的说，一个姓孟的小孩不好好读书，他妈气得把织布机织好的布给剪了。他知错就改，后来成了什么'大儒'。"父亲磕磕烟袋嘴说："过去有一个地主家的少爷，被送到外地读私塾，他叫陪读的长工儿子替他考秀才，结果长工的儿子成了秀才，少爷却还是个白痴，把地主老财给气死了。"父亲说完，目光紧逼着我，问："你想怎么着？"我局促不安，不知怎么回答。稍许，父亲放慢了语气："有两条路，一是书不念了，在家养鸡；另一条是专心念书，家里再忙也不再叫你缺课。"我急忙选择了后者。母亲说："要有出息唯读书。你要言而有信，向姓孟的孩子学习，浪子回头金不换。"从那以后，我的成绩突飞猛进，很快走在全班的前列。

农家养鸡，一般都要带一只大公鸡。母亲说，一是报晓提神，二是繁衍后代，三是保护母鸡和小鸡。我家那只大公鸡，一身红装，非常漂亮。它快步走时，头上血红的大冠子像一艘远处的红船在海上航行，深绿色的尾巴则像船舵把握着方向。它昂首阔步，像是炫耀武姿，又像是大将军检阅部队，神气极了。闲步时，它则从容淡定，先把脚掌轻轻抬起，边抬边把脚绷得笔直，悬空一会，再轻轻放下，似鹤形步，亦似军人之正步。

农忙或过节，家里会杀只小公鸡改善一下生活。父亲常先挑一块肉给我，而后叫我吃鸡翅膀，日后能展翅高飞。母亲就把鸡冠子舀给我吃，希望以后能做"官"。但他们不让我吃鸡爪子，防止写字像鸡爪子一样难看。当然，这些都是纯朴的期盼而已。

小时候，对养鸡的认识是好奇的、肤浅的。成年以后，逐步意识到：养鸡是农业养殖的重要组成部分，是农民收入不可或缺的重要来源，在"一穷二白"的年代，是农民生存的必要条件。

当今，鸡征服了世界。世界鸡的总量达到两百多亿只，而牛大约只有十几亿头。鸡的总量比牛、羊、猪、狗加起来总数还要多。这是因为它的适应能力、繁殖能力强，饲养成本低廉。鸡肉贸易覆盖全球。鸡爪留在了中国，鸡腿去了俄罗斯，鸡胸肉去了美国和英国，西班牙人喜欢吃鸡翅，土耳其人喜欢吃鸡肠，荷兰人喜欢用鸡骨去熬汤。鸡之于人，不仅是食肉，它有着无尽的传奇。

鸡，作为十二生肖，也受到文人墨客的青

睐。三千多年前，周代已盛行驯养家鸡。几千年来，历朝历代，才子佳人、帝王将相多有咏鸡之作。仅《全唐诗》带"鸡"字内容的就有近千首，大约占总量的2%，其"位高名重"可见一斑。我粗粗读过咏鸡的有62首。"狗吠深巷中，鸡鸣桑树颠"，是陶渊明写田园风情；"三更灯火五更鸡，正是男儿读书时"，是颜真卿劝学；"鸡声茅店月，人迹板桥霜"，是温庭筠写旅人早行。鸡融入人们的日常生活中，特色明显。比较而言，我更喜欢唐寅《咏鸡诗》中的"武距文冠五色翎，一声啼散满天星"两句。前一句写鸡凶悍的指爪、威武的鸡冠、五彩的羽毛，从足到头，到全身，概括得准确传神；后一句最为精彩：一声啼鸣，能驱散满天的星斗。谁见过雄鸡的威力和气势有如此之大？唐寅工画，也是驭诗之高手，此堪为千古绝句也。唐寅另一首诗中的两句"平生不敢轻言语，一叫千门万户开"，也虚虚实实，别开生面。至于李贺的"雄鸡一声天下白"，被毛泽东主席化用为"一唱雄鸡天下白"则极为恢宏阔大，把中国共产党结束社会的黑暗、开辟新纪元的丰功伟绩表达得酣畅淋漓，令人叹止。

人类之于鸡，常赞其五德：首戴冠，有文采；足搏距，有力量；敌敢斗，有勇气；食相呼，有仁义；守夜报时，有信用。

鸡若能知，足矣！

牧　牛

牛是农民的朋友，也是我的朋友。刚上小学时，母亲说："小大子，你现在上学了，妈更加忙不过来。你还得抽时间帮家里割草、放牛。""嗯。"我答应了。可转念一想，问母亲："那不影响我读书吗？"母亲说："是啊，那要看你怎么读了。我听说古代的孩子，放牛时就在牛背上读书，背柴时就边走边读。后来，都当了大官。"

母亲说的这些，直到我上初中，才知道就是西汉"负薪"的朱买臣和隋朝"挂角"的李密。

放牛是一件惬意的事。记得第一次放牛，母亲教我：左脚蹬着牛的前腿拐，两手抠着牛脊背，手脚一用力，右腿就跨上了牛背。

骑在牛背上，那种感觉好极了。牛慢悠悠地走，我在牛背上慢悠悠地晃，觉得自己高大了，看到周围的东西更多了。来到荒草滩，牛任性地啃着草，这里啃啃，那里啃啃。后来它吃饱了，就有点挑剔，专找小芦青吃。遇着小水洼，它还时不时喝上几口水，润润嗓子。

我呢，看到青青的小草，随风摇摆像狗尾巴的荻，还有那马兰头、七七菜，就像第一次见识"百草园"，又惊喜又惊奇。尤其是扶桑花，还有那叫不上名儿的小黄花，最惹人喜爱。我看着不过瘾，索性摘下几枝，躺在地上细细玩，时间一久，觉得后背潮乎乎的。我一摸地面，发现都有了不平整的小水印子，于是赶紧爬起来。

怎么继续玩呢？我突发奇想，干脆躺到牛背上，仰看"大锅"。这"大锅"很神奇，倒挂在天空，无论你向东跑，还是向西跑，它都不偏不倚地盖在你的头顶上。再朝南朝北观望，"大锅"依旧稳稳地挂在那里，丝毫没有掉下来的意思。那天空呢，像大海一样湛蓝。白云，则犹如一堆堆棉花，在湛蓝的水面缓慢地流动，偶尔遮住太阳的笑脸，抑或露出紫气霞光。这时刻，我格外高兴，一会儿肆意大喊，一会儿尽情欢笑，还学着父亲扬起嗓子"打雷雷"（耕地时吆喝牛的声音）……

不是每次放牛都有这么好的运气。有一回，

我骑牛出门时，母亲叫我带上蓑衣。我说天这么好，不必带。母亲说："小大子，听妈话，今天可能有雨。饱带干粮暖带衣，有备无患哪。"她边说边把蓑衣递给我。时近中午，晴空万里，哪里有雨？想什么，来什么！忽然，一阵狂风吹过，乌云由西向东翻滚。片刻，乌云又由东向西倒转。接着，雨云缓慢上升移动，随后倾盆大雨，噼啪噼啪打在了牛背上。我赶忙穿起蓑衣，趴在牛背上，一面吆喝黄牛回家，一面暗自思量：要是不听母亲的话，这回可就惨了。

等我赶到家，天色已黑透。母亲在门前焦急地等待，见到我忙说："下这么大雨，妈不放心。"父亲看着母亲说："我叫你放宽心，你就是瞎操心！"母亲反驳道："你还说我呢，你不也是东张西望的嘛！"父亲迎过来，接过蓑衣说："男孩子要能经风雨、见世面。"母亲点点头，叮嘱我："乖啊，鸟经风雨，翅膀就会硬。人经风雨，才能长本事。不过现在早了点，等长大些再去经风雨吧！"

"经风雨，硬翅膀，长才干。"回想往事，我在军中拼搏，奋斗了半个多世纪，经受了各种风雨，见过太多的世面，虽为瓦釜，也忝列门墙，列于将阵，不能不感恩母亲的谆谆教诲。

我愿青少年朋友们、同学们，张开梦想的翅膀，勇敢地搏击苍穹，去经受各种风雨的洗礼吧！

割　草

二十世纪五十年代初，土地改革，我家有了地，生活逐步好转。为了减轻体力劳动，家里就买了一头黄牛。母亲说："你爸忙互助组，你就一边上学，一边帮妈放牛割草吧。"

我愉快地背着篮子，到野外割草。动作，是母亲教我的：弯下腰，伸出右手用镰刀拢草；同时，伸出左手接住草；接着顺势把刀向前推，贴近地面，用力往后拉，草就割下来了。这办法还真灵，很快就割了一小摊！我很高兴，直起腰，擦擦汗，继续割。可一不小心，刀口往上一滑，把我的左手食指割破了。母亲得知，便问情况。我说："刀不快。"她一面说"做小事，要细心"，一面埋怨父亲没把刀磨好。

第二天一早，父亲就起来磨刀。他左手摁住镰刀的月牙尖，右手摁住刀柄根部，在磨刀石上反复地推磨，从正面到反面，再从反面到正面，还不时用大拇指在刀口上摩挲，直到满意为止。

早饭后，我雄赳赳地出发了。有了昨天的经验，我今天割得很顺当。可正当我用力拉刀之时，不料刀口向上一蹦，把左手无名指割了个大口子，鲜血直流。我按照母亲说过的办法，赶紧找一块干泥块揉成软泥，敷在伤口上。回家后，母亲急忙问怎么回事，是不是刀仍然不快，我不知如何回答。在一旁的父亲，沉思了一会儿说："刀是很快了，不用说割草，就是割黄豆也没问题。"

大家都在纳闷。"向上蹦"，父亲蹦了一句，接着分析，"那说明地面不平，有硬泥块！"母亲点点头，认为就是硬泥块作怪，于是细语叮嘱："做小事，莫粗心。"

打这以后，每次割草下刀时，我都要快速瞄一下草棵里有没有硬东西。尽管还有割破手的情况，但次数大为减少。摆弄镰刀嘛，实在难免。

一次雨后，我背着装满草的篮子涉小溪。一不留神，向后滑倒，别在胸前的镰刀一下子割破了两只手。母亲见到，急忙抓住我的手，一边数伤口一边说："小大子，这么嫩的手，妈真舍不得！"我笑了："这小口子算什么，以后我能做好。"

母亲放心了，鼓励我："从小学会做小事，妈相信你长大就能做大事。"

饭桌上，母亲告诉父亲："小大子手上割了九道口子，也不叫苦。"

父亲说:"小孩学做事,就得能吃苦。不吃苦,做不了事。"

母亲说:"三岁有点早,七岁看到老。小孩能吃苦,不怕没出息。"

父亲说:"我听说少林寺一个小和尚,会飞檐走壁,从小吃了很多苦,后来当了将军。"

母亲说:"就是要饭的,也得能吃苦。风霜雨雪,天寒地冻,你不多跑路,多串户,哪能要到饭?"

饭桌上的这番对话，我算是听懂了，但有点懵懵懂懂。

"学会做小事，长大才能做大事。"不管做小事，还是做大事，陪伴终生的就是"吃苦"两个字。

直到军中服役几十年后，我才深刻理解：做小事是做大事的基础，做大事需要无数小事的积淀。这不单是经验的积累、技术和技巧的掌握，更是人生不可或缺的一个阶段的磨炼，是一种心灵世界的构筑和升华。

菟丝豆

我和花小哥去割草。他发现我的刀快，就提议换刀，还说："我割的，一人分一半。"我欣然同意。最后，由他装篮子。他的篮子揣得很结实，肚子鼓鼓的，每个篮眼都有草挤出来。我的呢，篮口露出一圈高草，看样子满满的。到家后，母亲开始很高兴，等把上面的高草扯去，里面却很虚。母亲问明情况，笑着说:"小大子,割草喂牛,不能取巧,不是给人看的。要一是一,二是二,靠自己。"我点点头,记住了。

再去割草时,花小哥还想换刀。我说:"我自己已经会割了,不能老叫你帮忙。"他似乎感觉到了什么,便转了话题,建议去割菟丝豆,因为牛最喜欢吃。

我俩悄悄来到一块黄豆地,发现没有"看青"的人,就钻进去,割了一堆菟丝豆。回家喂牛时,牛一见菟丝豆,眼睛立刻亮起来。它舌头一卷,一把菟丝豆入口,快速咀嚼,尾巴还左右摆动,间或使劲甩几下,赶走骚扰的牛虻。它吃得真开心,嘴边都流出了沫子。于是,我好奇地用手去抹。它好乖,停下咀嚼,把脸递过来,似乎让我亲一亲。我小心地把头抵近,它也用头抵过来,在我的头边轻轻摩擦几下。我们立刻成了好朋友。

隔日，我想割更多菟丝豆，就潜到圩南王楼腰庄的黄豆地里，急速寻找。一开始并不如意，已被人割掉许多！正焦急中，忽然发现远处一片金黄，豆窠子中有不少菟丝。我瞄瞄四周，没有人，便急忙过去，弯下腰，赶紧割。说来也奇怪，当时手特别有劲，刀也特别锋利，一会儿就割了一大堆，足够装满篮子。谁知，三个"看青"的人，正轻手轻脚地摸过来，离我不到二十米我才发现！我心想坏了，一时不知所措，但很快就镇定下来。

"干什么的？"打头的青年喊。

我回答："割菟丝豆。"

第一个青年说："谁叫你割的？"

我说："没人叫。不是有好多人来割吗？"

第一个青年说："你们圩北人，割我们圩南的庄稼！"

我说："没有割庄稼，割的是菟丝豆。"

第二个青年不满意地抢上来吵吵:"菟丝豆也不让割。"

我盯着他,朗声说:"菟丝缠着黄豆,越长越多,黄豆都被缠死了。不割,黄豆死得更快。"

第二个青年说:"是我们的黄豆,与你无关。"

我说:"你怎么不讲理?"

第二个青年说:"你割我们的豆子,我跟你讲什么理?"说着,就把手里的棍子扬起来,准备打我。

我立即举起手里的镰刀,摆开砍的架势,同时大吼一声壮胆:"你来?"

那青年放慢了脚步。我心里燃起了希望。

后面有个长者,快步赶上前,说:"小家伙,你把刀放下。"

我说:"你叫他把棍子放下。"

长者示意青年放下棍子,对我说:"你把菟丝豆留下,走吧。"

我说:"不能留。家里没草了,妈妈等我回去喂牛呢。"

长者上下打量了我一番,问道:"你姓什么?"

我说:"姓朱。"

长者停了一会,缓缓口气说:"那你回去吧,以后不要再割了。"

我说:"你们走了,我再走。"

天色已晚,长者摆手回撤。

我故意站着不动,等他们走远,才装篮,发现篮子未满。我望着他们的背影,已经模糊,索性又狠狠地割了几大把。而后,我背上篮子,带着胜利者的喜悦回家。

母亲不放心,问道:"怎么这么晚?"

我搪塞了几句。当晚无事。我躺在床上,翻来覆去睡不着,有点怕,有点险,有点甜。

几天后,父亲赶集回来。他平时总是板着脸,这次却笑眯眯地打量我,问:"前两天割草,有没有发生什么事？"

母亲有点紧张，忙问怎么回事。

父亲并不急着挑明。他不慌不忙地坐下来，喝了几口水，咳了一声，告诉母亲："今天我在王集街上，碰到王楼腰庄的人，谈起割菟丝豆的事。我有意无意侧耳听听，其中一人说，'这小孩有胆量，敢讲理，厉害着呢'。另一个长者说，'听说姓朱，朱家要出个人呢'。我估计就是小大子。"

母亲这才松了口气，问我："你打架啦？"

我忙说没有，如实讲了全过程。

父亲还在高兴之中，随意问道："你当时怕不怕？"

我说："当时不知道怕。"

他嗯了一声，夸赞道："有胆量，像个男子汉！"

母亲说："你还鼓励小孩子打架呀！"

父亲说:"不是鼓励。一旦遇上事不要怕,不能给人吓住,不能当孬种。"

母亲不高兴了,冲口道:"好汉不是莽汉。好汉要看长远,不是去打架。"

有父亲撑腰,我胆子大起来,解释道:"割了一下午,给他们收走,那多亏呀!"

母亲缓了缓说:"小大子,你不懂!他们三个人,你一个小孩,哪打得过人家。万一失手,怎么得了?再说,哪个庄稼人不心疼庄稼,有的人把菟丝豆、黄豆连在一起割,人家怎舍得?小孩有勇气是好啊,但不能用错地方。"

父亲点头说:"你妈说得对。"

母亲看着我,又重复一遍:"看得远,明事理,才是好汉。"

后来的实践证明:母亲的"看得远,明事理",不为名利所惑,是我终身的稳定器。

拐　磨

　　过去农民吃粮食可不像现在有电磨，粮食进去了，面粉就出来了。以前什么都要靠人工，粉碎使用的主要工具就是大碾和石磨。

　　磨，分上下两部分，上部是磨盘，下部是底盘。磨盘的下面和底盘的表面都凿有间隔均匀的磨齿，磨齿与磨齿啮合滚动，粮食就被磨碎。磨盘中心偏外有一个直径三四厘米的圆孔，粮食就是从这里放进去。磨盘中间有个轴，从轴上伸出一根横竿，再从横竿伸出一根长竿，长竿上再安装一个短横竿。左右手握住短横竿两端，用力推着长竿带动横竿、带动轴，轴带动磨盘转动。粮食一磨碎，麦糁子就滚落到磨槽里。我们再用筛子筛掉麸皮，成品就可以做饭或熬粥了。

通常，母亲白天干农活，晚上或五更起来拐磨。拐磨是个耗时活，也是个很累的活。吃一顿饼，要磨三遍、筛三遍，得两个多小时。两个多小时的机械运动，手臂常常酸痛得无法动弹。夏天天气热，粮食磨下来，人的衣服几乎湿透了。我家磨盘大，母亲两腿常常前后移动，有时太累了，拐着拐着，扶着磨盘竿就打盹了。

父亲白天忙农活，晚上要组织生产队开会，没有时间做家务。小时候，拐磨的任务常常落在我的肩上。有时拐急了，就没命地拐，想一下子把它拐完。母亲看我闹脾气了，常哄我："乖乖，不拐，没得吃啊。""妈妈一个人哪里拐得动？你稍微撑个劲，妈妈就好拐了。"我虽然想睡觉，但想想母亲一个人那么辛苦，又继续拐。我拐着拐着就累了，母亲常常鼓励我说："乖乖，再拐一会就拐完了。"她想激发我的干劲，"再拐五十下，妈就不要你拐了。"一下，两下，三下……一直数到第五十下，可还是没有拐完。我有点不高兴了，不拐了。不得已，母亲只好一个人拐。看着母亲一个人拐太吃力，心里舍不得，便主动放下书本和作业，帮助母亲完成当天的任务。看着母亲的微笑，我知道这是满意的微笑，也是对我的奖赏。

　　后来，妹妹弟弟长大了，就轮流帮着母亲拐，就这么拐呀拐，一直拐了几十年。拐磨，使我加深了对母亲的爱，也使我尝到了农民生活的艰辛。这既让我获得了一种劳动谋生的技能，还锤炼了我吃苦耐劳、不怕困难的品质。它传承的是一种亲情，一种精神！

敬 师

那年夏天，我家隔壁来了个新邻居。母亲听人说这人是省城下来的，还会拉二胡。不久，父亲知晓了大概：他叫王云樵，很早便离乡发展，曾是江苏省歌舞团管弦乐演奏家。本大队西城庄人，当年被定为地主成分，但他家没做过坏事。

果然，他常拉二胡。我听不懂，就好奇地问他。他笑嘻嘻地告诉我，演奏的是《二泉映月》。我还是听不懂，但这个名儿好听，我记住了。

第二年夏天，邻居们在门前场上纳凉。我家铺芦席，他铺竹席。我问他：竹子是什么，长在哪？他说：竹子是一种植物，长在山里、平原，贫瘠之地也长。过了会他又说："也长在胸中。"我说："你骗人，胸中哪有竹？"他笑了笑，给我讲了"胸有成竹"的典故。

当时，我觉得那位画竹子的文同，胸中有竹，太厉害了！母亲小声说："你看人家多有文化，要多学着点。"

后来才知道，他演奏的《梅花三弄》《百鸟朝凤》蜚声海内外，到首都演出受到周恩来总理接见，只因出身问题被下放到基层了。

我们邻居三年多，他对我时有教诲，我视其为师。1959年秋，我考上响水中学高中部。语文老师王天鹏（原名王云飞，号天鹏），恰巧是王云樵的弟弟，于是更感亲近。

高一寒假前一日，王老师托我邀四五个同学晚上到他家吃饭。我是学生会学习部长，又是高二（2）班班主席，很快便约了叶桂华、徐子元、王清、汪萍、梅玉章等人。

王老师住的是一间阴冷冷的、隔成里外间的矮草屋，很潮湿。一家五口（有三个孩子）睡里间，外间是厨房、水缸，一块木板盖在水缸上当饭桌。老师说："今天请你们吃菜饭，换换口味。师娘炒了四个菜，欢送你们寒假回去过年。"此情此景，我们为老师难过，便凑了三十多斤全国粮票赠给他过年。

回家后，我说："王老师家穷得揭不开锅。吃菜饭，四个菜是萝卜干、腌白菜，还有一盘小鱼虾和一盘韭菜炒鸡蛋，都是一点点，我们不敢伸筷子。老师讲课声情并茂，人人叫好，可家里却如此清贫！"

母亲说:"你们做得对,人要有同情心。花要叶扶,人要人帮嘛!"

可她又不解:"当老师有保障啊,怎会这样?"

我说:"听说他是个传奇式人物。十三岁就参加了革命,投身过抗日青年救亡运动,参加过抗美援朝战争。他写的剧本《红旗插在炊事班》,获得过师二等奖,立过功,入过党……"

母亲愣了。

我说:"前两年他给学校提意见,被划定为'右派'。"

父亲嗯了一声说:"这一关不好过!"

母亲说:"可他家太苦了。"

寒假结束了。返校的包袱里,依旧装有三样东西:炒盐豆、炒地瓜干、炒面粉。另外还多了一个布袋,里面有白菜干、豆角干、地瓜干,还有一块黄豆饼。

我问母亲,她说:"那布袋送给王老师家度春荒吧！"

我说："那家里吃什么呀？"

母亲说："妈想办法，饿不着。他是你的老师，要特别敬重。不敬师，怎成人？"

这句话，好耳熟。记得上小学时，老师到学生家吃派饭。母亲总是把当时最好吃的饭菜做给老师吃，如韭菜炒鸡蛋，鱼、虾、肉之类。我不明白，问母亲。"不敬师，怎成人？"母亲当时就是这么说的。

高二寒假，我们几个同学，又到王老师家吃过一次饭，还是老样子。

暑假，我应征入伍，再也没见过这位可敬可念的老师。

后来，有家乡客人到徐州，告诉我：王老师为尽快摘掉"右派"帽子，努力学习，积极参加集体劳动，在大火中抢救人民生命财产。1963年3月，他如愿以偿，终于卸掉了头上的如磐重石，但因"文革"曾遭批斗，精神压力过大，他还是选择了轻生，年仅四十一岁。

我一阵心酸。云樵、天鹏兄弟俩都是难得的人才，于国家皆有贡献，却命运多舛，可见人生不易啊！遂感叹当年作客情境：

草径深深阴雨连，

师门设宴寸心悬。

儿多米少难为继，

馈赠钱粮度苦年。

2002年5月，母校发来五十周年校庆邀请函，勾起了我对学生生活的回忆。

初小时，第一任老师夏汉卿雨后背我过河，还亲自写稿贴在教室里，表扬我爱劳动。高小时，顾树强、吕恩同两位老师教我写作文。龚锡珍老师教算术兼少先队大队辅导员（我是大队长，上初中时他常给我寄《中国青年》杂志看）。1955年实行义务兵役制时，龚锡珍老师指导我带着少先队员到村上唱《妈妈放宽心》，动员适龄青年去当兵。吴之珊老师教音乐。他唱得好、长得帅，后来也去当了兵，是我们的偶像。

初、高中时，校长李思明，教导主任左亚之、刘古惠、孙维志、沈静平、金铭言，语文老师王家国、王天鹏，几何、三角老师吴慕贤、张铮，代数老师徐良洪、吴凤志，物理老师汪竹城，化学老师项贤明，汉语老师赵镜清，体育老师吕绍翔，政治课老师王兆君等一大批均是优秀老师，他们都为人师表，尽心尽责传授知识，使我们健康成长。

"不敬师，怎成人？"母亲的教诲我一直铭记于心。于是，借校庆之东风，我和徐荣决定捐资，为母校建"敬师亭"，以此表达对"岁岁年年洒青春"的恩师们的感激和爱戴之情。

烟袋嘴的灵性

"再不通就不买,省得惹心思。"母亲站在锅台前对父亲说。这是怎么回事呢?

这还得从源头说起。几千年来,中国农民都有一个翻身梦。1949年后,我的父母也有一个"小九九"。

首先是他们的教育理念。

父母希望我能念好书,同时培养我的劳动

本领，倚耕读而传家。

我五六岁时，父母带我到地里，让我看他们将湿润的土地翻耕，打好"山芋格"（苗床），将山芋苗根部蘸上泥水，斜插到拳头大的小窝里，然后在根部用细土捏紧捏实。他们还叫我将小窝浇满水，最后敷一些土保湿。一般趁阴天或黄昏时栽培，这样有利于根部吸收水分，提高成活率。

六七岁时，父亲带我到农田里见习耙地。有一次，父亲让我两脚蹲在耙框上，他赶着牛耙地。第一个来回平稳安全，到第二个来回时，忽遇大土疙瘩将耙顶起，使我跌落在耙中间。铁耙齿极易伤人，十分危险。父亲一声吆喝，牛立即停住，有惊无险。晚上母亲埋怨父亲："体会体会就行了，你还真想小大子在家种田啊？"

七岁时，父亲教我在麦场牵牛碾麦，要领是：驭牛平稳轻旋鞭，每一圈，贯穿中心碾到边，放多少、收多少，始终保持一个圆。我一学就会，受到了父亲的夸奖。

之后，父亲又教我学撒种。他边作示范边讲要领，强调要走直线、速度适中；拇指、食指、中指三指头密切配合，每次从兜里取种数量大体相等；种子撒出似扇面开花，这样，出苗时才能疏密一致。

父母很注意培养我的吃苦耐劳精神。有一次，他们带我到玉米地松土锄草。那玉米秆长得壮实，比人还高，密不透风，人站在里面喘不过气来。一会儿，豆粒大的汗珠不停地滴在地上，我真的尝到了"汗滴禾下土"的滋味。母亲看我着急的样子，便说："乖儿，心静自然凉，越急汗越多。"好不容易薅到地头，我捧起沟里的水咕嘟咕嘟喝个够，而后扯下肩上的毛巾淘淘，擦把汗。一会儿我又钻进玉米地了。有歌乃曰："锄禾曾试日当午，一次已知盘中苦。从此记牢农者恩，四时挥汗父和母。"

父母有意通过一些农活让我体验农民的艰辛，而我觉得一切都很新鲜、好玩，这是一种别样的寓教于乐吧！

其次是耕牛。

土改时我家分得四分之一头牛。由于父母善耕作，收成不错，生活略有节余。时有不善养牛者，将他那一份并给我家。牛是壮劳力，干重活离不开它，牛粪、猪粪、杂草加水可沤出大量上等肥料，增加地的肥力，因此父母已不满足半头耕牛。父亲说我们把那半头也并过来吧，母亲说现在这头牛牙口有点老了，吃半口草，不喂豆料不上膘，还不如买头新的。于是父亲三次到王集、双港牛行，最后选中一头五岁多的小黄牛（牛龄一般二十至三十年）。这头小黄牛在阳光下黄毛金灿灿，腿粗粗，腰圆圆，虎实的脑袋，坚硬的双角，铜铃般的大眼，全身透出无可争辩

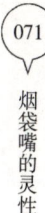

的灵气和少壮的自信。父母把它当宝，我把它当新朋友。我特别喜欢用手摸它的大眼睛。它很温顺，总是把眼睛闭起来让你摸个够。有时它也噘着嘴，又伸出舌头舔舔我的胳膊和手。它喜欢吃小芦苇，我就尽量多割些给它吃、逗它玩。

第三是买地。

土改时家里分了几亩地。由于家里有了牛，又新添了犁、耙等劳动工具，生产力有较大提高，原有土地不够耕种了。时有撂荒者找到父母，欲卖土地以糊口。父母心中想买，但又有些犹豫，故口头没有答应。那几日，父亲思前想后，难以决断。一次坐在灶膛旁，边烧火边思量，母亲在锅台炒菜见火头越来越小，问怎么回事，原来父亲忘记添柴禾了。又一次，父亲边烧火边剔烟袋嘴（由烟袋锅、杆、嘴三部分组成），母亲发现火头越来越大，以至于菜来不及炒就冒青烟了。原来父亲专注剔烟嘴，往灶膛加的柴禾又太多了。烧火后，母亲叫他吃饭，他不理睬，仍专心地剔。母亲再次叫他时，他说："奇怪呐，这烟袋嘴昨天刚剔过，今天怎么又堵了？"母亲看出父亲的心思，才说了开头那一番话。

"省得惹心思。"这句话对父亲可能有启发。是啊，烟嘴不通可能是暗示买地行不通，买地就是"买心思"，那何必自找苦吃呢！

果不其然，第二年就进行土改复查。如果此前买下那几亩地，就可能划为"中农"，那么子女考学、当兵、入党、提干都会受影响，那家庭将是另一番景象了。

于是，父亲笃信烟袋嘴有"灵性"，他还用一个故事来证明。他说，古代有一个官员嗜好抽烟，烟油很厚不让剔除，新来的佣人觉得很脏了，就把它彻底清洗了。那个当官的责罚说：烟嘴不通可以剔，但多年的油垢不该清除，那里有我的命彩，还可防身祛病。

烟袋嘴是否有"灵性"，我说不清楚，如果有，也属于物化的灵性。一个家庭重大决策，需要认清大环境，夫妻多商量，三思而后行，这本身也是一种"灵性"。母亲一句没想好就不买，"省得惹心思"，亦是"灵性"。

三次挨打

刚上一年级，一个小伙伴拉着我神秘地说，咱们到豌豆麦地去。我问干什么，他说去吃豆荚，一吃"嘎巴嘎巴"响，可甜了。我说作业没做完，不去。人虽没去，心倒是痒痒的，一想到"嘎巴嘎巴"响，嘴里就流口水。

过了几天，另一个小伙伴又来找我，我忍不住了，就随他到一块地里。麦穗粗又壮，麦秆高且直，可惜有两处豌豆藤被踩踏倒趴在地里了，枯萎的荚藤上只剩下几个小豆荚半死不活地躺着。他带我一直往深处走，看到半鼓着的豆荚挂满了豆藤，他示意"开吃吧"。我的心犹豫，但嘴不犹豫，便蹲下动起手来。太鼓的不怎么甜，太嫩的水分多，半鼓不鼓的最好吃，又甜又嫩，荚腔内又有空间，嚼起来最响、最惬意。本想吃几口就行了，谁知开了戒一发不可收拾，右手摘下往嘴里送，"嘎巴嘎巴"嚼不过来，就用左手拿。一会儿工夫，腿蹲累了，又扒开麦茎坐下。此时，才发现近处几个伙伴干着同样的勾当，我有点心慌，急忙回家了。

两天后，厄运来了。薛家气呼呼来告状，父亲听完后问我有没有这回事，我说"有"，但只去过一次。父亲连连向人家赔礼，表示一定严加管教，所受损失照赔不误。薛家人走了，父亲喝令我跪下，我知道做错，立即跪下甘愿受罚。父亲举起柳条就来打我，我架起胳膊、缩着脖子，做好皮开肉绽的准备。

此时，母亲过来了，说"吓吓就行了"。

父亲说："你不要管。"

母亲说："我怎么能不管？"

父亲说："你管我就打你。"

母亲说："你打看看！"

柳条呼呼两下子落到母亲的背上。母亲说："你这个死老头子，怎么不讲理？儿子跪也跪了，打也打了，吃他的豌豆荚赔他就是了，还想怎么着？"母亲一边说，一边拉起我的手，"走！到西屋去！"父亲也未往下接。

夜深。母亲不放心，过来摸着我的手。我把前后经过一说，觉得委屈，还连累了母亲。

母亲说："妈没事。乖儿，你爸打那是为你好。咱们种田人不容易，你把人家豌豆荚吃了、麦子踩了就会减产，灾荒年好比要人家的命，人家能不告状吗。"

母亲欲止又说:"至于去一次、去多次没啥区别,只要去就是个错;别人找你去的,这也说不过去,做坏事别人叫你去你就去啊;你要想吃,告诉妈妈,到自家地里摘一点不也行吗?人家以为你偷吃他的、省自个的,损人利己,影响多不好!"

母亲又举例说:"从小偷根针,长大偷头牛。东太庄魏小七从小就好偷东西,长大了抢银行逃到潮河北,后来给政府抓回来枪毙了。嘴馋、手馋都是诱惑,是万恶的根,你可要记住。"

"懂了,我一定听妈妈的话。"

离开时,母亲又强调:"做坏事绝不能有第一次。"

这是我第一次挨打。

一年多以后,放学路过程塘,有同学提出游泳,我一看夕阳还在西山尖上笑,离家又只有几步远，索性把书包一放游个痛快。小时候所谓游泳，就是在水里洗澡、捣猛子、狗刨式打澎澎而已。虽是初秋，太阳仍然很毒，把水晒得温乎乎的，蹲在水里很舒服，高兴了一个猛子捣下去，憋足了劲拼命地刨，好大一会把气吐完头才露出来，水从头上接连不断地淌下来，用手从头到脸抹下来，头一甩眼睛睁开，再捣下一个……

一会儿，赵孝亲过来要和我比赛，不论姿势，只要谁先到终点就算谁赢。我俩同年同月生，是隔两家的邻居。他擅摸鱼，但念书不如我，游泳我俩不分上下。显然，这次他想赢。刘太喜当裁判，第一局他胜，第二局我胜，第三局平手，未决胜负。此时天已傍晚，风也越刮越大，阵阵疏雨落到水面上，砸出小窝，飞出水花。我们赶忙上岸回家。

坏了，父母正在场上忙，我赶紧放下书包准备搭把手。我一转身，父亲已拾起树条准备打我。我怕连累母亲,撒腿就往河堤上跑,父亲跟在后面追。我跑得快他追得快,我慢下来他也慢下来。前后只有十来步,父亲并不急着追上来,只是问:"为什么这么晚才回来?"我说在程塘游泳。他知道离家很近,似乎气也消了不少,也不想把动静闹大,就说:"回家吧,以后再说。"我知道他此刻不想打我了,但未承诺不打。

回到家,天已黑定,母亲把场上的活也干完了,当晚无事。

翌日,母亲问我:"你昨天怎么这么晚才回来?"

我说:"在程二舅家后塘游泳了。"

母亲说:"那你应该先回家告诉大人,而后再去游也不迟。儿行千里母担忧,你小还不懂。外面又刮风又下雨,你爸担心,我也着急,但我不能说,说了火上浇油,以后放学早点回来,免得大人担心。"

"知道了，妈妈放心。"

这是第二次挨打，不过没打到我身上。

几年后，我考上东太完小。某日上学途中突然下起大雨，我们赶紧到大姑家躲雨。

表弟王崇德也是我五年级同学，他招呼我们进屋。因雷鸣贯耳，大家无意看书，我、叶桂华、杨玉、刘太喜四人正好一桌，便下起了象棋。

外面的电光闪闪不止，里面的象棋旋转不停，大自然的狂想与棋手的畅想交相辉映，不知不觉间来了一局神棋：杨玉得"黑象对"（一对黑象）喜出望外，立即落子；叶桂华环顾左右，伸出"红相对"压住；刘太喜哈哈一笑，掏出"黑士对"重重砸在"红相对"上。一时间大家屏息敛声，面面相觑。黑士者以为天下无敌了，便张开大手准备通吃，不料我说了一声"慢"！黑士者诧异，难道你有"红仕对"？我"好饭不怕晚",慢慢送出,突然手掌向上一翻——"一对红仕"震惊四座,众人瞠目结舌。大家很快反应过来,都高兴得哈哈大笑,真是"如来治孙猴"——强中还有强中手啊!

雨渐止。在大姑家吃了午饭,我便赶往学校上课。

第三天,我挨揍了。

下午放学到家,母亲望着我说:"上午你大姑来啦。"我不解其意噢了一声。父亲有了上次经验,先把门闩紧,再从墙上取下鞭子,把另一头折过来抓在手中,绷着脸吆喝:"你过来!"我不知所措,只好挪过去。突然,鞭子从上空打下来。我把身子一歪,没有打着,又是一鞭,我已躲到母亲的后面。此时母亲挡住不让再打,父亲就把气撒到母亲身上,"啪啪啪"抽了三鞭。我记得母亲只穿一件单衣,而鞭子打得很重,父亲嘴里还嘟囔着"我叫你护,我叫你护"。我见母亲挨打，心疼死了，就从母亲身边挣脱跑到西屋大哭，父亲见状也没进来。隔了好一会儿，我舍不得母亲就出来看看。只见母亲独自坐在小凳上流泪，我扑通跪在面前，抱着母亲痛哭。当晚怎么熬过去的我也记不清了。

隔日晚上，父亲去开会。我试图看看母亲的背，母亲不让看，但我已发现衣服上有一条血迹。我又一次跪到母亲面前，满脸泪水。

我问母亲："爸爸为什么喜欢打人？"

母亲说："不是你爸喜欢打人，你刚考上高小，怕你不专心，耽误自个儿前程，打也是为你好。'养不教，父之过。'他是尽父亲的责任。"

母亲停了一会说："他相信'棍棒底下出孝子，黄荆条下出好人！'"

我不解，问："'黄荆条'是啥样子？"

母亲说："就是树条子、柳条子。"

我好奇，又问："'黄荆条'下真能出好人吗？"

母亲说:"真不真,你爸相信。不过我不赞成动手就打,讲清楚道理就行了。古人说:一等人自成人,二等人说说教教就成人,三等人打死骂死不成人。这一等人恐怕不用打,三等人打也没有用,妈看孝子、好人不是打出来的,还在于孩子个人努力。"

道理似乎懂了,但我还是恨父亲打母亲太狠(那时不知道打人违法,是封建残余,只知道恨),怀疑"是不是大姑来说什么了"。

母亲说:"你大姑没说什么,只提到前几天下雨在她家玩了一会儿象棋。你爸一听火冒三丈,我跟你爸说小孩下下象棋、换换脑子也没什么,何必生那么大气,你爸更不高兴了,跟我斗了几句嘴。"

我把下象棋的经过给母亲说了一遍,对母亲说:"都是我的错,以后再不会了。"

母亲说:"你爸常说'一打一护,到老不上

路'，他认为我护着你，孩子就不好管了。只要你以后改了，妈挨这两下子也值了。"

"值了"，母亲以皮肉之苦，唤起孩儿心灵的觉悟。

走到最前面

东太高小毕业后，我考上了响水中学。这给全家带来了快乐，也带来了无限的希望。一个生活在海边的农民子弟能上中学，在当时，也不是一件很容易的事情。

那时，我们去响水中学上学，都是从我家西侧的河堤往灌河走，然后乘木帆船到响水。记得第一次上响水中学时，我和叶桂华等几个同学混在一起,边走边聊。母亲站在家门口,挥着手向我喊道:"小大子,朝前面走,走到最前面去……"当时我不解母亲的用意,只得停止说话,走到所有同学前面,顿时产生一种别样的感觉——引路者的感觉。噢!母亲希望我走在最前面,是希望我比别人强,比别人有出息!

母亲是很要强的人。她不知疲倦地干活,省吃俭用地持家。她盘算着让家里富起来。她会养猪,算好时间差,养猪总是赚钱;她白天下地干农活,敢和壮劳力比;晚上回来,为家里的吃喝拉撒常常忙到深夜;她是劳动能手,她争当乡劳动模范,她想入党……她希望子女和她一样走在前面。

理解了,我便自觉了。"走到最前面"这一句话,一直印在我的心中,也足足影响了我一生。在我五年的中学生涯里,在我当兵的几十年里,母亲的话语激励着我,鞭策着我,使我在前进的

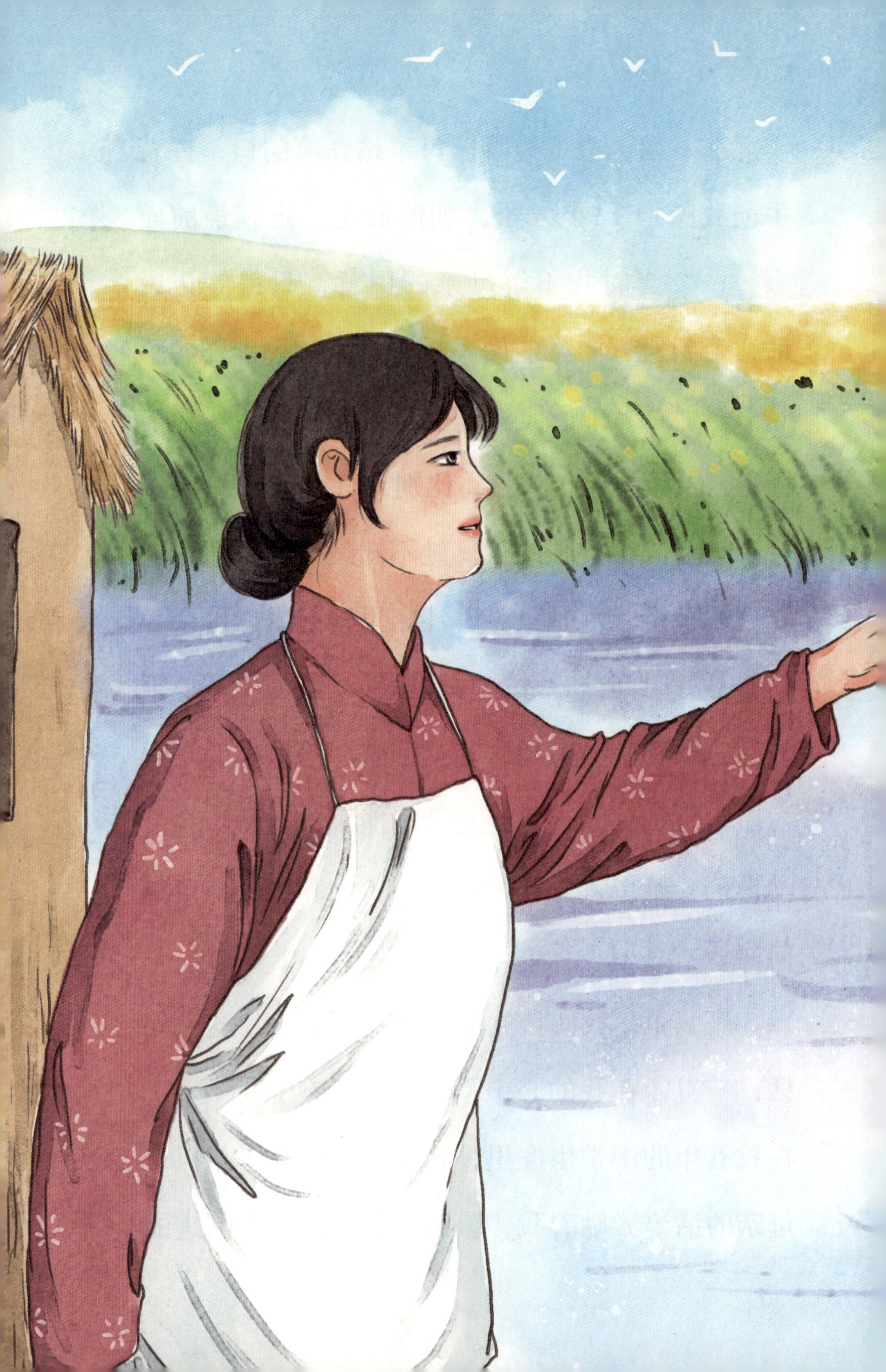

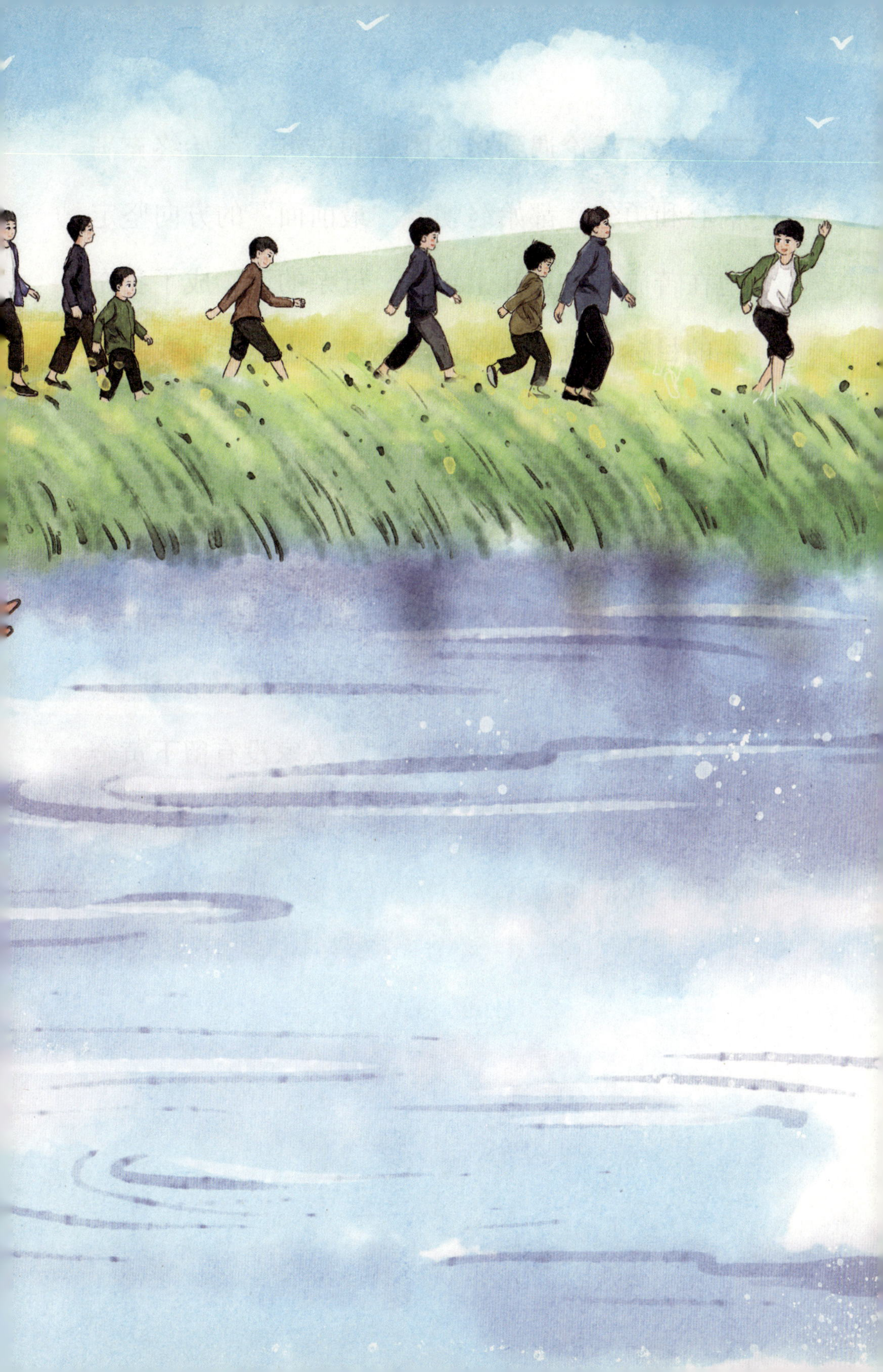

道路上，无论遇到多少困难和挫折，都始终充满信心和勇气，都始终朝着"最前面"的方向坚定地在苦旅跋涉。几十年来，母亲的话，成了我奋斗的目标，成了我前进的动力，也是不让我懈怠的一根鞭子！

如今，母亲已经走了，我再也聆听不到老人家的教诲了。但"走到最前面"，在我们家里，已经成为最宝贵的精神财富，成为留给儿孙们永恒的家族遗产，成为世代培育孝子贤孙的家训！

有位学者朋友赞叹说："老人家没有留下黄金白银，却留下了比黄金白银更为珍贵的东西。"这话，我信！

好男儿当自强

一　喝酒惹事

一日早晨刚醒，我揉揉眼对母亲说，夜里外面有人哭。母亲说是的。我又要问，母亲说她要去做饭，叫我再睡一会儿。

早饭时，父亲拾了一筐粪回来，洗完手脸就吃饭了。我问父亲，夜里为什么有人哭呀？父亲抬起头看我很认真的样子就说，那人好喝酒，喝醉了就会哭，夜里不知道抬脚过桥，就倒在桥头，连哼带哭闹了一夜。

这个人是谁？父亲说小孩不要问大人事。后来我知道了是谁，但我也不乱说，因为这是人家没面子的事。

逢年过节，或谁家有婚嫁喜庆要杀猪宰羊，我们小孩会跑去看热闹。我发现这个人多数也在场。他很"勤快"，帮助逮猪、吹猪（猪死后割开后爪皮，用嘴贴紧往猪肚子里吹气）、捶猪（用木棍捶打猪的全身以利空气充盈，便于拔毛）。外场活干完了，他就帮着抱柴烧火，吃饭时也不上酒桌。待客人散席后，他还要清理一番场面，最后坐下来"打扫战场"，边吃边喝主人留给他的酒。主人很欢迎他来帮忙，他也乐得一个酩酊大醉。

一年端午节，父亲照例在门上插几束艾叶以驱邪避蚊，在我的肚脐上涂抹几滴雄黄酒以避蛇咬，而后坐下来吃粽子、喝雄黄酒，纪念屈原。

父亲喝了两小盅，就笑着对我说："小大子也喝一口。"

我说："不喝。"

父亲说："来，就喝一口！"他把酒推到我面前。

我立即推开说："你不是说喝酒没出息吗？"

母亲望了望父亲说："别逗了，他害怕！"

父亲说："过节，在家少喝点是可以的，但在外不能常喝，更不能喝醉。人家杀猪，贴上去打杂混口酒菜也就罢了，但喝醉了在外面又哭又闹丢人现眼，人家会瞧不起的。还有人更不像话，好吃懒做，到处寻酒喝，喝醉了回家就吵架、打老婆，这样的二流子哪来的出息！"

母亲望望我："小大子长大有出息，不喝酒。

酒是穿肠的药，喝醉酒等于吃毒药！"

父母的话给我印象很深。后来我上学、当兵、提干，到师部工作后，又听到关于酒的话题。一次，有师首长听到反映说，谁谁谁有酒必喝，一喝必醉，一醉必说，一说必乱。后来干部考核，这事果真影响他的提升，应了寇准"醉发狂言醒时悔"的那句名言。

再后来，我到军区做管理工作，听到的、看到的、遇到的此类事就更多了。其实古代的、现代的，大人物、小人物酒醉误事的故事都有。

古的只说一文一武一贤。

文人李白，自称酒中仙。诗扬天下，光耀千年。因才入翰林，传闻说他又因酒误事而被贬出京，最后因饮酒过度，六十二岁时醉死于宣城。亦说于当涂江上酒醉捉月，溺水而亡。

武将张飞，有"万人敌"之誉。武功盖世，勇不可当。《三国演义》里讲到，张飞因鞭挞两部将引发了仇恨，一日酒醉酣睡，被部下用短刀杀害。

竹林七贤之一刘伶，是个酒疯子，因无所事事被罢官。有人说他病死，亦有人说他因酒醉而猝死。其放荡不羁无以复加。一日，他裸坐屋中，有客问之，答曰："我以天地为栋宇，屋室为裈衣，诸君何为入我裈中？"意思是天地是我的房屋，屋室是我的衣服，你钻到我的裤裆里干啥？此贤者，非贤者，耻也！

现代的就不用细说了。喝酒醉死的，睡觉呛死的，掉桥下淹死的，喝酒犯浑被打死的，更可怜者，有被酒色引诱拉下水蹲牢房的、出卖情报投敌被枪毙的……不一而足。

"好男儿，当自强。莫嗜酒，莫醉狂。酒是穿肠药，莫自伤，莫上当。"这是我年幼时留下的印记。几十年来，我经年累月，初心不改，反而拒酒心更坚、"愿"更浓、"光"更烈，视酒为禁区，不可触碰也。

二 万恶的赌博

听母亲讲，我的亲舅舅英年早逝。而舅舅家与四个堂叔伯舅家屋宇相连、关系密切。大舅叶贯功的长子叶桂华，是我亲密的发小，和我一同上小学、读中学，又一起入伍、一起提干。后来我在坦克七团当团长，他在机械化团当政委。因部队转隶他提出转业，任盐城一个大企业的党委书记，保持了多年的先进。

二舅叶贯成，三舅叶贯山，四舅叶贯俊都在家务农。

二舅生产上是一把好手，麻将桌上又是"高手"。他智力过人，能掐会算，打麻将总是赢得多，输得少。

一日，母亲对我说："乖乖，今晚河西某家

有麻将场，妈煮了五十个鸡蛋、鸭蛋，晚上过去找你二舅给他们吃，鸡蛋三分钱，鸭蛋五分钱。"我不愿去，母亲说："去呐，能卖一两块钱，好给你过年做件新衣裳哩。"

天黑定以后，按照母亲的吩咐，我不情愿地挎着篮子踏过小木桥，走过石板桥，到了河西某人家。得到允许后，我走进堂屋右拐，撩开门帘进了东房屋。此间不大，一张床、一床被，床头一个旧木箱，剩下的空间就是一个方桌，几条凳子。靠桌的人坐着，其余的站着，里外三层足有十七八个人。罩灯暗、空气浊，让人有点喘不过气来。我看不到里层的二舅，但听到了他的声音。我只好先把篮子放在床上靠里边，拉拉被子做些遮挡，心里有点害怕。过了一会儿，我试图告诉二舅，好不容易挤到他后面，他的眼睛盯着麻将牌，并不理我。我扯了扯他的衣服，他还是顾不上我。我只好又退到大人后边等着。我坐在床边，心想大人们也怪，外面堂屋这么大，偏要挤到里屋干什么？这麻将怎么这么神奇，弄得大人们神魂颠倒，场内叹气、懊悔、跺脚、大笑，场外借钱、讨钱、私下要价，乱成一锅粥。

大约二更时分，我的眼皮直打架。我按捺不住了，明天还要上学呢。我大着胆子拨开几人，告诉二舅："我妈煮了一篮鸡蛋……"二舅很高兴："正好肚子饿了，快拿过来分给大家吃。"我急忙分发鸡蛋，还未来得及收钱，突然"砰砰""啪啪"枪响，又乱成一锅粥。有机敏者喊"抓赌队来了"，大家一窝蜂往口袋抓钱，东家赶紧进来收"抽头"、藏麻将，腿脚快的往外冲。警察一面喊停下来，一面往空中放枪。赌钱的人，有的装作干部边喊"抓赌、抓赌"边往外面冲；有的跳上床，扔下我的篮子，掀开箱子往里钻，钻不进，又掀开花被子裹住身子扮东家，一想不对，干脆头顶被子往外跑。二舅"久经沙场"，抓住我的手贴着墙不动，抓住间隙带着我一闪出了房门；趁两个警察冲进东屋，又一闪出了大门；趁夜暗，顺东墙边跑到河边趴下。眼看着警察追着人流往嵇家南大塘芦苇荡跑，二舅说"走"，我们穿过石板桥，跨过小木桥到了家。

母亲可吓坏了，站在门口，一把抱住我说："人回来就好，人回来就好！"我感到没完成母亲的任务，一边哭一边说："鸡蛋没了，钱也没了。"母亲说："我再喂，鸡再下。"那一天晚上，"砰砰""啪啪"不停有枪声，直到早半夜才消停下来。后来听说有机灵的，天刚亮到大塘、野地捡了好几块钱哩。

几日后，父亲说那天晚上是区干部带队抓赌的。后庄有一男的，一年的辛苦钱输光了不算，还欠了一屁股债。他实在还不起，债主纠集人到他家扒房子。债主一看他的老婆长得不错,就说:"房子不扒了,你把老婆给我,债我也不要了。"那老婆性烈,一听这话火冒三丈,到屋里摸了一把菜刀冲出来,就要往那债主身上砍。那债主一看,撒腿就跑。她一边追一边骂,回来后冲着丈夫发火:"都是你作的孽!"

这话当时只当笑话听,而父亲板着脸说这是真事,并强调赌博是万恶之源,"有输光了财产,老婆投河,妻离子散的;有赌博成瘾,疾病缠身,当场死在赌桌上的……赌博生贪欲,生懒惰,年轻人一旦染上恶习,必定毁掉前程,你要记住,不能赌博。"

赌博是社会的毒瘤,古今有,中外有。有一年我去马来西亚,住在云顶酒店。这个酒店内设赌场,是世界四大赌场之一。我进入酒店时顺道路过赌场,这个赌场很大,分为三等,普通赌场、豪华赌场、顶级赌场。普通赌场各种赌法都有，看不懂也不好问。只见赌桌上画满了若干方格，并编上号，投注者把专用币投到方格里或十字上。一次次摇标之后，最终赢的都是庄家。如此轮番，笑的掉眼泪，哭的更悲凉。

晚上，下榻的酒店熙熙攘攘，我无法入眠。我回忆着云顶的赌场和家乡的赌场，真有天壤之别，但本质是一样的，进去的人都想赢钱，但十赌九输。

我回味着父母的忠告："好男儿，当自强。莫赌博，莫轻狂。赌是无底洞，输妻儿，羞爹娘。"

三　保国家，斩豺狼

一日，父亲带回家一只河蚌，对母亲说这是好东西，放在碗里淌点水，能治小孩口腔溃疡。随后他就把它放到门外的水缸里。这家伙两片壳子硬硬的，高兴了就张开，伸出大舌头，长长的、厚厚的、白白的。我很好奇，经常趴在水缸上用筷子戳它的舌头，一戳它就缩进去。当它确信没有威胁时，才慢慢把舌头伸出来。

有一天中午，我正趴在水缸上戳蚌舌头，突然，砰的一声枪响从我后脑背飞过。屋里做饭的母亲立即跑出来，问，哪来的枪声？这时我才站起来说不知道，就觉得有一股风从后脑背穿过。母亲顺势一看，发现我后面的墙上有一个小洞，就用手指抠掉土，抠出来一个子弹头。母亲一转身，发现南圩堤（一百多米远处）上有几个黑狗队，其中一个正向我们端着枪。母亲急叫一声"快回屋"，把我拉了进来。"小大子，多危险！妈吓出一身冷汗。"

我没有完全意识到这个危险，就问母亲他们是什么人。

母亲说："那是黑狗队！"

我问："什么叫黑狗队？"

母亲说:"就是拿枪的汉奸。"

我问:"什么叫汉奸?"

母亲说:"汉奸,就是帮日本鬼子干坏事的中国人。"

我问:"那为什么不消灭他们?"

正好这时父亲回来了。母亲告诉他事情的经过,父亲甚是后怕,连说:"万幸!万幸!"

父亲告诉我:"黑狗队、二鬼子、伪军都是汉奸。他们是日本鬼子的走狗,干尽了坏事。这些血债迟早是要清算的。"

我问:"那为什么现在不算呢?"

父亲说:"这不,日本鬼子刚打完,国民党又开始打共产党了,有的汉奸黑狗队投奔了国民党,现在倒狐假虎威、逍遥法外了。"

我问:"那怎么办?"

父亲说:"国民党军队多,但那些当官的都是为自己。共产党军队少,但能打仗,老百姓拥护，黄（克诚）三师在这里就很得人心。"

母亲说："听说国民党军官穿皮鞋，大小老婆好几个，共产党新四军干部穿草鞋，不拿群众一针一线……"

父亲说："这天下迟早是共产党的！你长大了，有权了，要学共产党为老百姓做事。"

我说："我长大了，首先要打倒黑狗队和那一帮汉奸。"

父亲说："那不用你管，共产党来了，那帮人都跑不了。"

我问："那我干什么？"

父亲说："中国地盘大，外国人都想割一块、占一片，东洋鬼子、西洋鬼子都很坏，都想占，都把老百姓害苦了。日本鬼子罪恶滔天，杀害了成千上万的中国人，这个仇恨不能忘。你长大了要保国家、保人民，不受二茬罪。"

晚上，我睡不着。想起了父亲讲的那些日

本鬼子做的惨无人道的事。日本鬼子在堆沟、陈家港登陆抢占响水口，到处安据点、修碉堡、筑炮楼。他们下乡抢东西，动不动就烧光、杀光、抢光，见老头子和残疾人就杀，说他们光吃粮食活着没用，见到妇女就干坏事，甚至连老年妇女也不放过。有一次，他们从响水出发偷袭六套，一次就杀害无辜百姓一百零八人，见到小孩就用刺刀挑，往河里扔，将小孩子当活靶子打……啊，我一下子明白了，今天中午黑狗队不就是把我当靶子了吗？想到这里，我感到的不是怕，而是恨……

　　好男儿，当自强。快长大，保国防。立下终身志，为国家，斩豺狼。

　　几年后上小学，夏汉卿老师问我叫什么名字，我说小名叫小大子，大名还没起，老师不知怎么登记我，我说就叫"朱有权"吧。老师一听笑了，连说："好好好，有权好，有权好！"

后来涟水老家来人说家谱是"文"字辈,就改成"朱文权"。我考响水中学发榜时,不知哪位老师把"权"写成了"泉",从此我就成了"朱文泉"。尽管名字改来改去,但我的报国之志终身不改,我在军中半个多世纪,为的就是保国家,斩豺狼。

姐妹情深

　　母亲是温和、贤惠、善良之人,与邻里能和睦相处,亲人间更是其乐融融。母亲在四姐妹中排行老二。大姨、三姨家住在滨海,两家毗邻,四姨家住运河大港。母亲嫁到朱家后,两个姑姑已出嫁,大姑家住昌盛村昌盛庄,二姑家住小广村。母亲视姑如姐,见面都叫姐(大姑比我父母大十七岁、二姑比我父母大九岁)。如此,姑嫂、姐妹六人融洽相处，情同手足。

一 大姑

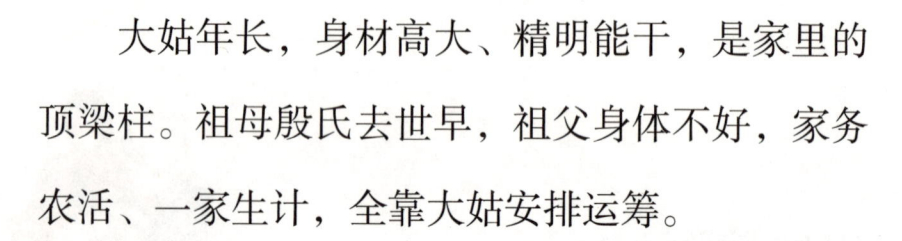

大姑年长，身材高大、精明能干，是家里的顶梁柱。祖母殷氏去世早，祖父身体不好，家务农活、一家生计，全靠大姑安排运筹。

父亲是大姑一手带大的，对大姑感情最深，似有长姐如母的感觉。大姑出嫁时，还把父亲抱在怀里亲了又亲，然后才依依不舍地上了花轿。

大姑离家比较近，来往方便，仍一如既往地关心娘家的事。比如，我和弟弟妹妹几个人出生时，都是请大姑来接生。她虽不是妇产医生，但对接生准备、程序、注意事项相当熟悉，每次接生都相当顺利。唯六弟的降生，是母亲最艰难的一次，也是大姑最艰难的一次。

据文俊回忆："分娩那天由大姑接生，我当助手。起初我们把妈妈扶坐在马桶上。几个小时后妈妈体力不支，坐不住了。我们赶紧把她扶到床上。又过了几个小时，妈妈两次昏迷。大姑说这样下去很危险，便叫我紧紧抱住妈妈，使劲抵住她的后背，由她采取果断措施……那一刻，我真的理解了'儿奔生，母奔死'的含义。不知过了多久，六弟终于降生了，妈妈也转危为安，可大姑汗流浃背，满脸倦怠，一下子坐在席子上，半个时辰一动不动。"

我上东太小学五年级时，来回都路过昌盛庄。大姑对母亲说中午就让我到她家吃饭。母亲怕给大姑增加负担，仍让我自带粮食在学校隔壁徐金友同学家代饭。第二年，表弟王崇德考上东小五年级，和我一路同行。大姑再次提议中午到她家吃饭，父母只好接受大姑的厚意。那年代家家经济不好，可大姑总是把好吃的东西放在中午，早晚她就吃粗的、喝稀的了。

大姑一生很苦，大姑父去世得早，里里外

外，家务农活，全靠她一个人支撑。她二十九岁守寡，提婚的媒婆踏破门槛，她为了抚养五个孩子（四个女儿、一个儿子，其中表弟王崇德排行老五，年仅一岁多），为了已故丈夫的感情，坚决不答应再嫁。大姑长相出众，亦有人心怀抢亲等非分之想，因此她每晚关门上闩，枕边放一把菜刀，以防不测。

父亲也很心疼大姑。冬闲时节，他挑着货郎担走村串户，昌盛庄是必到的终点站。一来是看看姐姐，带些生活必需品，更重要的是给大姑撑腰。娘家常有人来，别人必不敢随便欺负。

由于生活窘迫，操劳过度，大姑于1964年去世，享年六十二岁。大姑走后，父母把感恩之情倾注在她的后人身上。只要王家有事情，父母必倾力帮助。其子王崇德做生意失利，又生了重病回不了家，父亲与母亲商量后，走了数十里为他借钱买房子，让他临终之时有个自己的居所。

大孙子王晨光想去当兵，我们支持。他也争气，政审、体检、文化样样合格，如愿以偿。母亲知道后，亲自去报喜。她说当时脚下似有风火轮，一口气跑到王家也不觉累。几年后，小孙子王晨鹏也当兵学了技术，复员时在无锡安排了工作。二十世纪九十年代中期，军队征招地方大学毕业生入伍，以改善干部素质结构。大姑的外孙邹凤礼毕业于南京大学中文系，响应号召应征入伍，实现了其母让孩子尽忠报国的遗愿。他入伍后，先后被评为军区优秀基层干部、"一对好主官"、军区优秀大学生干部、军区政治部优秀机关干部标兵，荣立三等功和其他多项荣誉，后当到师职干部，转业到省城工作。

二　二姑

二姑家离娘家较远，交通不便，往来相对较

少。二姑性格耿直，心直口快，做事待人比较泼辣，有时说话好较真。有一次走娘家，因平时回家少，母亲想留她多住几天，她说家里离不开，明早就回去。谁知第二天一早，母亲开门一看正下雨，随口说了一句："人不留人，天留人。外面下雨了，不叫你走呢。"二姑一听，说："原来你留我，是虚心假意，'二指头拉、三指头推'呀，既然'人不留人'，我马上走。"这时父亲马上解释说："二姐不要当真，你家小舅母说的话，意思是天正在下雨，你不能这时候冒雨回家，衣服淋湿会生病，邻居也会笑话我们！不能为一句话伤了姐妹的感情。"二姑听了我父亲劝解后说："我来时和你二姐夫说好的，我早点回去，让他到外地弹棉花赚钱，一听下雨心中一急，就错怪小舅母了。这样吧，如果下午雨停下来，我就立即回去。"听了二姑这番话，我母亲马上说："我们本来就是好姐妹，我立刻煮中饭，一旦天放晴了，天不留人，我也不留人了。"说得二姑大笑起来。果然天从人意，放晴了，吃过午饭后，母亲送二姑愉快地踏上归途。

　　一次，母亲对我说，这两年在拾边田收了些棉花，过两天请二姑父过来弹棉花，做两床新被子。我很好奇，棉花怎么弹呢？不久，二姑父带着弹棉花的工具到我们家来了，我饶有兴致地看了全过程。只见二姑父先将剔除棉籽的原棉用竹条简单进行梳理，而后别上腰带（弯曲的竹板），肩上架起弹弓（檀木制成），左手握弓背，右手用木槌敲击弹弓上的弹弦（牛筋），一弹一拉以沾取棉花，旋掉杂质，使棉絮松软，达到一定厚度时，再用竹筛压平，用磨平木压紧、压实，再上线把棉胎网住。一面完成后，再用同样工序完成另一面，这样一床棉胎就做好了，套上被套就是一床散发着清香的棉被了。弹棉花是体力活。弹一床棉胎，春秋用

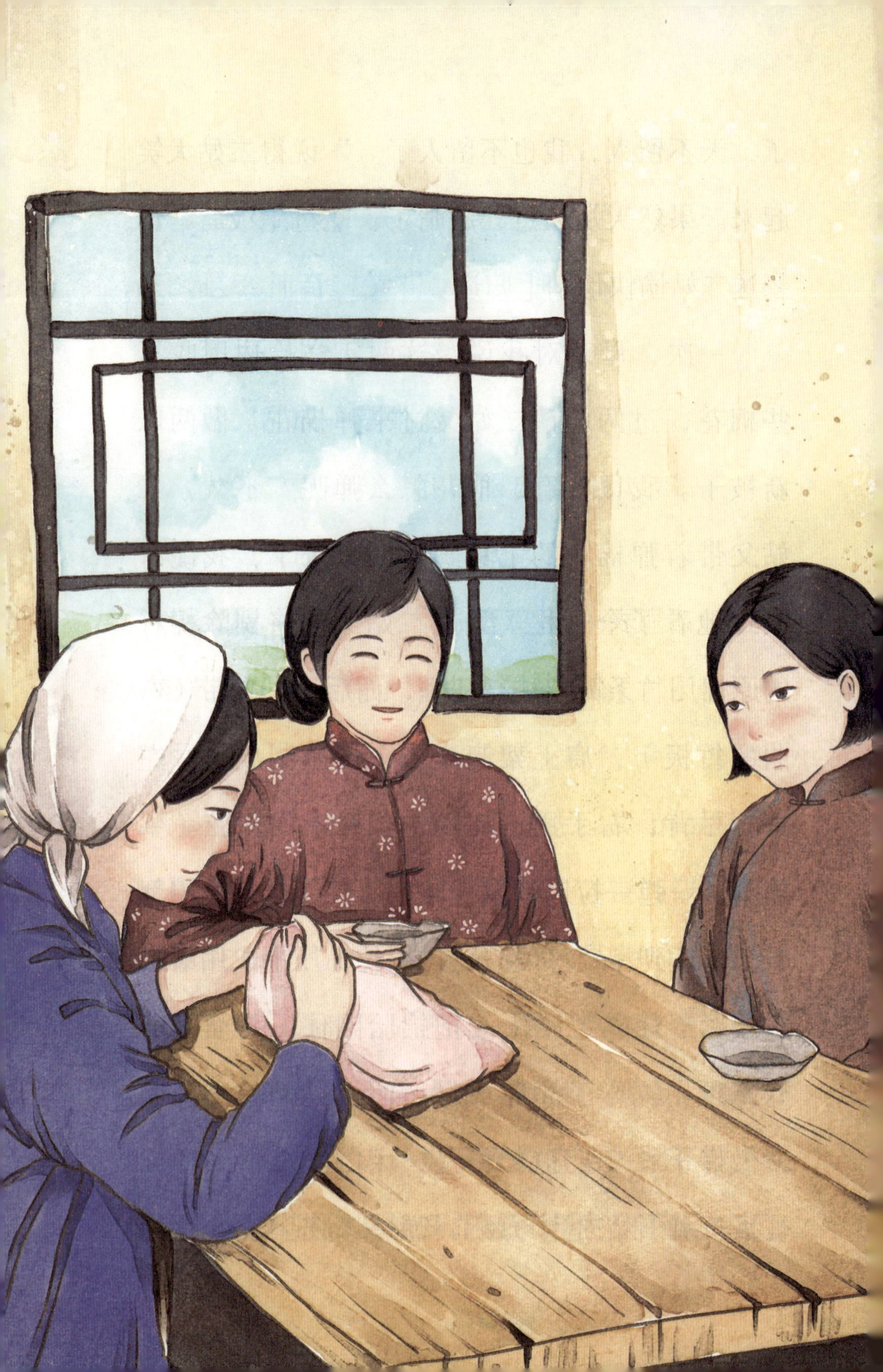

的四五斤棉被要弹半天，冬天用的八九斤棉被要弹一天。那时好像没有口罩，只用一条毛巾把口鼻捂住，姑父无惧花絮满屋飞舞，只期棉胎早点弹成，实在令人敬佩。

还有一件事使我难忘，就是二姑极为重视表弟吴再中的九周岁生日。1954年农历十一月初九，吴再中九周岁。地方风俗"过九不过十"。那年十月，二姑和表弟提前一个月来告知。早上出发，中午到达。午饭时，二姑发了正式邀请。父母说一定去，如果确实走不开，就由"小大子"（我）去。母亲还说："姑家鞋，姨家袜，舅家帽子压一压。舅舅要给外甥买顶漂亮的新帽子，我还要亲手给外甥做件新大褂。"

下午，母亲趁好天抢割自留地黄豆，二姑帮着往场上抱，母亲做晚饭，二姑帮着烧火，姑嫂犹如亲姐妹。晚饭后，母亲、二姑带着我和再中去看大姑。一到大姑家，老姐妹三人便亲热地攀谈起来。在互相询问家庭情况之后，重点还是落在再中生日、教育孩子这个话题上。

二姑说："我主张疼儿不给儿知道，关注好吃穿和身体健康之外，还要督促他学习好。我脾气急，有时候儿子玩，我会打他，管得紧了些。我不护短，他做错事，我会狠狠批评的。"

大姑说："我们家小五子（王崇德），他父亲去世早，我很少打他，但我也不护短，做错事我也会打的。"

母亲说："我家小大子，我基本不打他，有时他也会犯点错误，以教育为主，多讲道理，增长知识。比如吃鸡蛋，有的小孩要先吃个鸡蛋才去上早读，我给小大子讲吃了鸡蛋念书念不进，早读回来再吃。小孩吃饭不知饱，我告诉他'一顿吃伤，十顿喝汤''要得身体壮，饭菜嚼成浆'，小孩不肯锻炼，我说'有静有动，少病少痛''常开窗，见阳光'……"

时光荏苒，农历十一月初九很快到了。我与崇德随伯父到小广村参加再中的生日宴。只见表弟戴上新帽子，穿上新衣新裤、新大褂，配上新鞋新袜子，俨然像个小公子。表弟再新（虚二岁），见哥哥穿了新衣裳，也闹着要过生日，弄得大家哈哈大笑。

宴席间，离不开的话题便是表弟聪明伶俐，将来定有出息。果不其然，八九年后再中不负众望，在响水中学以优异成绩考入中国人民大学，成了响水乃至盐淮地区的佼佼者之一。

三　大姨和三姨

大姨、三姨家离我们家较远，来往也少一些，但姐妹之间常有口信。她们时常送些花生等土特产过来，父母也常送些粮食和葵花籽、黄花菜等土特产过去。我小时候去过几次她们家，每次都很开心。我和姨弟刘明珍光着脚到沙土地刨花生，提起一棵花生，抖下一串沙子，数着几十个果，那种感觉真好。文俊也去过大姨家，有一次去拾花生、拾山芋长达十多天，花生拾了几口袋，但果仁水分多；山芋拾了几筐子，但小的多，破的多。回家时，大姨把文俊的都留下，而把好山芋干子、好花生各装足了一麻袋，三姨也送来一布袋炒好的熟花生，大姨父用轱辘车把她送到家。

四 四姨

四姨家离我们家比较近，与父母走动比较多。过去我们家生活困难，四姨家经常送些粮食、衣服接济我们，母亲也会有土特产回赠。1965年秋，一场突如其来的龙卷风袭击了昌盛村，风力中心树倒屋塌，我家的堂屋与西头房的屋顶被旋上了天，接着轰隆一声巨响后，墙壁坍塌。四姨家对我们特别关心，立即送来米面慰问，四姨父还带着文俊去滨海买了几十担笆柴，雇了人力拖车一次性运回昌盛村，重新盖房子。

父母搬到小尖镇后，四姨家也搬到小尖镇，相隔十多户人家，老姐妹接触更多了。但四姨患有哮喘病，咳嗽很厉害，有时上午十点还吃不上饭，喝不上水。母亲常去帮她烧水，带许多点心给她吃。四姨病情好些后，也常来我们家，老姐妹有说不完的话。

一次，四姨见母亲身上穿一件士林布褂子，很羡慕，问在哪儿买的，真好看。母亲记于心，立马告诉在盐城工作的文俊给四姨买。当母亲把布料送到四姨手上时，说这是文俊孝敬你的，四姨高兴得像孩子似的，还说你也真是的，我就随口一句，你就当真了，还去麻烦孩子们。从那以后，文俊给母亲买衣物时，常常会带上四姨一份。

二十世纪五十年代，有一次无意中四姨被烧红的火叉扎入右腿弯，流了许多血。可能戳到了腿筋上，她又没看医生，卧床了好几个月。母亲前往照顾，心里很难受。等到伤口痊愈后，四姨成了瘸子，从此走路只能脚尖点地。

四姨是姨母中最漂亮的一个，这次意外严重毁坏了四姨的形象，给她心理上造成极大的伤害。对此，四姨一直耿耿于怀。直到八十年代，四姨的儿子在扬州当了团职干部后，她还想到扬州大医院去动手术，由于多种原因，未能实现这个心愿。1997年7月1日，她带着终身的遗憾走完了七十个春秋。母亲十分悲伤。

公事如铁

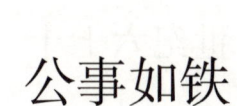

　　1967年春节，我回家探亲，这是我入伍七年来第一次探亲，见到父母心中非常高兴。我看到父亲还是那样沉着冷静，母亲则高兴得热泪满面，但母亲额头的皱纹里镌刻着曾经的忧伤和痛苦，我的心里也是一阵酸楚。

　　假日里，我除了看望乡邻、亲友，与同学互相拜年外，更多的是和弟妹们在一起聊天。

那时文兵弟、文芳妹上小学，文俊妹已上高中。我最想听弟妹们谈谈家中的往事，了解弟妹能有上学机会的不易、家中生活的艰辛，父亲的"古板"、母亲的慈爱。几十年过去了，有几件事一直留在我的心田，是敬是甜、是涩是苦还是痛，这个中滋味只有我自己能够体会。

"公粮，一粒不能假。"二十世纪六七十年代，每年夏秋两季，生产队都要到公社粮管所交公粮，夏季交麦子，秋季交苞米、黄豆和棉花等。交粮的手推车几十辆一顺溜排开（个别用拖拉机），每辆小推车前头，插上两面三角形小旗，上面写着"备战备荒为人民""向党献爱心""丰收不忘共产党"等标语口号，两旁的人群欢声不断，笑语连连。到了粮站，早已人山人海，沸沸扬扬，那情那景蔚为壮观。

有个粮管员想私吞公粮，但又不敢。于是他动了心思，打算先"喂"父亲，再"喂"自己。

交公粮的前几日晚上,他悄悄给家里送来一袋60斤左右的粮食,父亲问他怎么回事,他吞吞吐吐。父亲严肃地批评说:"这是公家的粮食,你无权送,我无权收。否则,都是侵害群众的利益,都是犯错误。"当事人胆战心惊,立即做了诚恳检查,表示立即放回原处,下次再也不敢。父亲说:"谅你是初犯,但决不允许有第二次。"第二天,父亲到队里去检查,发现几个人躲躲闪闪,于是便检查他们的公粮车,问道:"这种瘪麦怎么能交公粮?"其中一人搪塞说:"好的不够了,稍微掺点。"父亲心里清楚,他们想以次充好,留下好的自己吃,因此板起面孔喝令道:"立即撤下来!交公粮是政治任务,一粒不能假!"

"公粮,一粒不准吃。"二十世纪三年困难时期,粮食连年歉收。每年收获季节,生产队除去上交公粮,留下种子粮和必要的备荒储备外,其余粮食全部按人口分给每家每户。种子粮和储备粮开始都储存在生产队的仓库里，上面盖上石灰大印（木制方盒内存石灰）。由于管理不善，鼠害猖獗，损耗较大。后来队里决定，挑选群众信赖、口碑好的人家分散代储。父亲是生产队长，母亲善良无私，所以我们家每年都为生产队代储粮食。

1961年，我家代储一囤小麦、一囤玉米，节子（一种用芦柴编织的约三十厘米高，数十米长的圈粮带）圈起来接近屋檐高。公粮进家之时，父母就给文俊、文兰和文芳交代："这是生产队的公粮，你们一粒不准动。"

文俊告诉我说："父亲对我们很严格，母亲又看得紧，而且有言在先，我们谁也不敢擅动一粒粮食。有一次，我们几个饿得实在忍不住了，大着胆子打起粮囤的主意。瞅准母亲不在家时，我跟文兰、文芳商量偷点玉米当零食。文兰搬来两条凳子，摞起来，我在下面扶着，她哆哆嗦嗦地爬上去,刚直起腰,手还没有伸到囤子口,母亲就回来了。一看我们在偷粮食,她便大声呵斥道:'要死,要死(惊诧的样子),快下来!'她随即把我们三人拖到一边教训一通:'哪个叫你们动公家粮食的,这要让你爸知道了,你们谁也逃不掉一顿打。'我们一边向母亲认错,一边乞求母亲不要告诉父亲。母亲见我们认错了,又心疼地说:'乖乖,妈知道你们很饿,这样的荒年哪家不挨饿?忍一忍。庄上这么多人家,为什么偏偏把粮食放我们家?如果粮食少了,那社员们会怎样看我们?以后不准了,能做到吗?'从那以后,我们饿了就紧紧裤腰带,或到水缸里舀水喝,再也没敢打粮囤的主意。春种时节,公粮上交过秤时,我们家的存粮一斤未少(规定允许有一定损耗),我们受到全队的一致赞扬。"

"公粮,一粒不能动。"1963年是我们家的不幸之年,更是母亲痛不欲生的一年。那年端午节前夕，十一岁的文兰妹妹突然身体不适，起初喊头疼，疑是重感冒，几天后症状不减，又喊后脑疼。父亲赶紧请当地的大夫上门诊治。大夫带来了药，同时也带来了布袋。大夫看过妹妹后，开门见山："家里快断顿了，朱队长能否给点粮食？"父亲说："队里的粮食早分配过了，留的都是种子粮，一粒不能动。"大夫不快。父亲见状对母亲说："把家里的粮食搣（方言，舀的意思）点给大夫。"他转脸又对大夫说："我家粮食也不多了，表点心意吧。"大夫并不领情，沉着脸拿着小半袋粮放在自行车后座上，脚一蹬走了。

第二天，文兰的病情未见好转，大夫推故，当日未来。第三天又请，大夫带来了吊架、药水，依旧带来了布袋。他问过病情后，给文兰挂上了药水。文俊妹在里屋陪着文兰，也侧耳细听外屋的对话。

大夫："朱队长，你给的粮食已经吃完了，

还是请你给点公家的好粮食,家里真揭不开锅了。"

父亲:"队里粮食是种子粮,吃种子粮等于吃社员的命根子。"大夫:"队里总还有点机动粮吧!"

父亲:"你是知道的,去年歉收,机动粮很少,只能用于集体救急,不能用作其他。"

大夫:"我家困难大,你是队长,这点权力还是有的吧。"

父亲:"你给我家孩子看病,我把公家粮食给你,这不是以权谋私吗?我不能这样做啊!"

大夫:"那好吧!"

大夫起身走到里屋,500毫升的药水只挂了一半,便起针把剩下半瓶药水放在后墙窗台上,说明天再挂。

第二天早饭后,大夫来了。文俊从窗台上拿过半瓶药水,迎亮摇一摇,发现水里有絮状物,便问大夫这是什么。大夫说，不碍事，能挂。然而刚挂了半小时，不幸发生了，文兰口吐白沫，头往后仰，痛苦难耐，进入昏迷状态。此时大夫慌了，表示没法了。母亲无奈，赶紧给文兰换上干净衣服，但没有一件是新的，转头对文俊说："乖乖，把你那双新长筒袜拿来给妹妹吧。"说话间，文兰突然睁开双眼说："妈妈，我已经很满足了，新袜子留给姐姐上学用吧！"说完，她就闭上了眼睛。

多好的妹妹！多乖的女儿！前几天还活蹦乱跳地挑菜拾草，突然间就这么走了，这让全家人无法接受。尤其是母亲，她当时已身怀六甲，难以承受如此无情的打击。她整天精神恍惚，以泪洗面，还不让文俊写信给我，怕影响我工作。

文兰，1952年出生，比我小十岁。1956年我考上响水中学，放假回来，总是看到她跟着姐姐，偶尔过来叫一声哥哥就跑了。1961年秋，我应征入伍，临行前跟文兰妹说："听父母的话，跟着二姐学劳动，还要学文化，先苦后甜，将来才能有出息。"文兰满口应承，想不到这次竟是永诀。

她哪有什么"满足"！她什么也没有得到，她的人生画卷还未来得及展开。她所说的"满足"，唯一就是感受到了亲人对她的爱。

亲友邻里知道了，过来看望。有的抱怨说："朱二爹，你也太古板了，你把队里粮给他一点，日后补上不就行了嘛！"父亲说："话可以这么说，但不可以这样做。我是一队之长，这个口子不能开。否则，你也变通，他也变通，最后就变了性质，被老百姓戳脊梁骨。"也有人鼓动说："你要到县里去告他，叫他去坐牢。"父亲说："他的本意是要粮，并不想害人。这事相信政府会调查处理，我们自己不能去乱闹。"也有的人打抱不平，去鼓动母亲。母亲虽心疼女儿，但还是冷静地说:"这事听她爸的,我不能去添乱。"

父亲虽是个小干部,但是个老干部。他不是太古板,他是原则性强,不拿原则做交易。

公事如铁,公比山巍。公,是共产党人的党性,人民公仆坚守住"公",方生明,可生威,才无愧。

跪　哭

　　2002年12月中旬，母亲突然发烧，住进军区总医院。院领导对我说，请放心，问题不大。一个星期以后，改口说高烧不退，要做好思想准备。这个意思我清楚，但我必须要参加上海的一个会议，此时才体会到忠孝难以两全啊！

　　上海回宁后，晚上9点多钟，我下了火车直奔病房去看母亲。母亲见到我很高兴，不一会儿，她说："你很累了，回去休息吧。"本想陪母亲多说一会话，看到她说话吃力，也想让她早点休息，所以摸摸她的手，我就告辞了。

第二天早上8点多钟，妹妹打电话来说："母亲走了！"我立即赶到医院，护士正在快速按压心脏，我听到咔的一声，母亲的肋骨断了。我一阵心痛，也知道他们的好意，便请他们停下。此时，弟妹们早已哭成泪人，"从此再也没有了妈妈了！"妹妹的声音，刺痛着我的心扉。我考虑到当时的环境，强忍悲痛。

可回到家里，看到母亲的床，床上的枕头、毛巾、被褥，茶几上的水杯，挂着的衣物，我知道这种温馨的场景已经变成了过去。想到母亲再也不能回来和子孙们共享天伦之乐，想到再也见不到母亲，心中无法忍受的痛填满了胸膛，我无法克制自己，索性跪在母亲的床边，放声痛哭起来……

孩儿不孝，无比悔恨地哭。一悔不该让母亲回老家。1999年春天，母亲因哮喘和肺扩张住进湖州九八医院。经过几个月的治疗，病情有了很大好转。4月份，接到军委命令，我到军区工作。母亲怕影响我到新单位的工作，不愿随我到南京，而要回响水老家住。到了9月份，妹妹突然打电话来说："母亲身体快不行了。"我问原因，她们说发烧挂水，挂挂停停，咳嗽吃药，一吃就好，一停就犯。虽说我很快接她来南京治疗，但此时病情已重，逆转的难度很大，我后悔没有坚持我的意见。

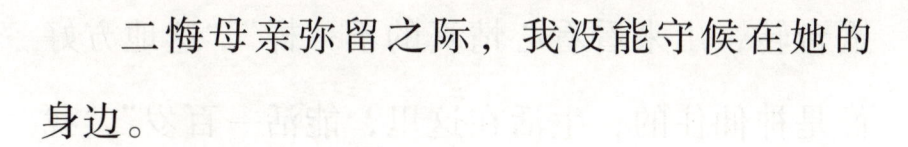

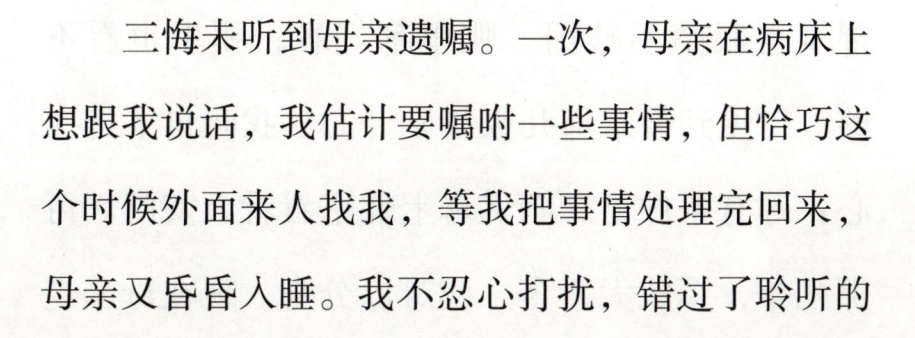

二悔母亲弥留之际，我没能守候在她的身边。

三悔未听到母亲遗嘱。一次，母亲在病床上想跟我说话，我估计要嘱咐一些事情，但恰巧这个时候外面来人找我，等我把事情处理完回来，母亲又昏昏入睡。我不忍心打扰，错过了聆听的机会。

四悔没想到请中医用药退烧。西药不能退烧，怎么没有提出请名医用中药试试？当时因为刚担任军区主管，满脑子工作，把"孝心"给蒙了，后悔莫及啊！

五悔未能带母亲去天安门看看。还是1995年秋，文俊陪同母亲来湖州。因哮喘、晕车，他们取道苏州小憩。顺便参观虎丘、剑池、西山太湖大桥，后又到杭州西湖游览一番。母亲感慨万千：这电梯"真是蹊跷啊，不挪步也能爬上楼""我们农村人脚踩锅门瓢卡脸，整天围着锅台转，出来看看心情真的不一样""这地方好像是神仙住的，生活在这里，能活一百岁""我都觉得眼睛不够用，哪里都好看，哪里也看不够"！见到母亲那几天特别开心，我暗自下定决心：等有条件了，陪父母上北京看看天安门。可那几年，军队大事多，我难以分身。现在母亲走了，决心成了空谈，抱憾终身！

母亲之恩，昊天罔极，边忆边哭。我想到入学前，母亲让我跟着父亲到东坎卖小猪，父亲买油条、烧饼给我吃，我说我要买笔和纸去上学；回家后，母亲给我做了一套新衣服，要我好好读书，长大有出息。

小时候家里穷，我要经常割草、放牛，常缺课。到了三年级，母亲宁愿自己受苦受累，也不让我缺课，因此我的成绩很快跃入前列。那时我特别喜欢打篮球，其实是羡慕黄东小学球员穿的那套衣服：蓝白相间的六瓣帽，带编号的白色背心，带双白杠的蓝色短裤。母亲说："小大子，你先好好读书，妈今年明年一样一样给你准备。"

考上响水中学，缴不起学杂费，父母商量把仔猪、部分口粮、积攒的鸡蛋都卖了也凑不齐。最后母亲说去拿高利贷吧，父亲说利息太高，母亲说："高也得拿，孩子读书更重要。"

我想到了母亲的宽容。小时候不懂事，把番瓜花和瓜纽摘下来，堆在一起玩。母亲发现了，知道我害怕，把我搂在怀里说："这个不能摘，摘了就不结瓜了。番瓜是好东西，灾荒年能救人的命。"我和花小哥砸饼砣，输了铜板就用地瓜干换，次数多了，压在下面篮子里的地瓜干出现了一个坑，母亲说"'诚实'是人生的'路单'""瓜干可以有坑，品行不能有坑"。小时候父亲打我，母亲怕打重了去拦着，鞭子落到母亲的身上，裂开了血口，我心疼极了，跪在母亲膝前哭，母亲说："不是你爸喜欢打人，你刚考上高小，怕你不专心，耽误自个儿前程，打也是为你好。"

为了给我添件新衣服，母亲煮了五十个鸡蛋，要我到村西去卖，并交代鸡蛋三分钱一个，鸭蛋五分钱一个，能卖一两块钱。我满怀喜悦，先找到二舅，他忙着打牌，不理我。等了两个多小时，二舅说："正好肚子饿了，快拿过来分给大家吃。"不料抓赌的来了，一面鸣枪，一面往里冲，屋里顿时乱成一锅粥。我的鸡蛋没了，钱也未收上来，回家直哭。母亲安慰说："我再喂，鸡再下。钱没了，妈再挣，人回来就好。"父亲上河工回来听说这件事，笑着说："一吆喝，一袋烟工夫就卖掉了。看来，小大子脸皮薄，将来不能做生意。"母亲淡淡地说："做不做生意不重要，会念书就行。"

我想到了母亲的坚强。母亲一生怀孕十三次，生下五儿三女。我的两个双胞胎弟弟生病，地主家的药房被砸、药物配乱，两个弟弟吃药中毒而亡；六弟出生后不久夭折；三妹生病，当时的村医索要公粮不成，故意拖延治疗而亡；每次失子，母亲都哭得悲痛欲绝，尤其1963年，连续失去三位亲人（一儿一女、伯哥），家里的凄凉和悲痛气氛令人窒息。但最终母亲还是选择了坚强，闯过了一道道坎。

我想到了母亲的勤劳。从朱二嫂"能干"，到朱二婶"能干"，再到朱二奶"能干"，随着年龄的变化，乡邻对母亲的称谓有所改变，但赞其"能干"一辈子没有变过。她奉行"早起三光"，天没亮就起床，烧火做饭、准备好中午的食材，喂猪、喂鸡。上午、下午，到大田干农活挣工分，和男壮力比拼。中午、晚上忙家务，准备第二天的吃用，还要识字、做针线活。她一辈子不知疲倦，从不叫累。但我在小时候就知道，每逢下雨阴天不能干农活时，母亲总要躺在床上睡半天，一面睡一面哼。待天晴了，她精神又来了。

她思想先进，奋发向上。她要求入党，干什么都想争第一，当先进。她热爱集体，公而忘私。女儿饿了，叫她们去多喝几口水，也不让动公家代储的一粒粮，最后交公时，代储粮一斤不少，连该有的损耗也不要；她主张男孩要读书，女孩也要读书。自己吃了睁眼瞎的苦，在女儿身上再不能重演。"家里的活，我手脚快些就补上了""白天干不完，就夜里干"。

母亲把全家人放在心上，唯独没有自己。父亲胃不好，她几十年如一日照顾父亲，早上都要弄点早茶给父亲，荷包蛋和饼留给父亲，自己吃黑面卷、菜卷。大忙季节割点肉回来，那也是给父亲和孩子们尝尝鲜。只有大年三十，母亲才能吃上两个肉丸子，而后就用篮子挂起来，留给父亲和孩子们。平时先让父亲和孩子们吃，自己后吃，剩多就多吃，剩少就少吃，不剩也就喝点汤，还说"妈不饿呢"。母亲的胃吸纳不足，但珍藏着的爱却比天高、比地厚啊！

我想起了砸饼砣、滚铁环、温馨的瓦罐水、拐磨……母亲的教诲恩深似海，德厚如山。虽未若孔母授学，却教儿"敬师受益"；虽未如孟母断机杼,却呼儿"走到最前面";虽未画荻教子,却教儿"牧牛读书";虽未剪发退鱼,却教女"你哥当官,全家维护";虽未刺"尽忠报国",却教儿投笔从戎……

在儿女心里,母亲就是参天的大树。她为我们遮风挡雨,又为我们提供营养。她牵着我们的小手,阔步昂扬。她如汩汩温泉,带给我们温暖和舒适,又给我们一种滚滚鼓动的力量。有时她也会用"圣水"洗涤我们的眼睛,使我们看清真伪,辨别忠奸。她要我们堂堂正正,活出精彩的人样。她像巍峨的高山,令我们无比敬仰。她告诫我们要高瞻远瞩,锚定目标不放。她要我们永不停歇地奋斗,奔向更远的前方。

我们家有今天,母亲是奠基人、开拓者。她为我们留下了好的家风。我相信哲人的话:母亲是一个家庭的风水。母亲好,家庭的风水必然好。

跪哭已近三个小时，不知膝盖痛，不知衣衫湿，不知泪已干。哭到恍恍惚惚时，我好像看见母亲，她就站在我的面前，并对我说："小大子，不要哭，妈这不是好好的，妈还活着！"对呀，"妈还活着！"我一跃而起，决心化悲痛为力量，写出母亲的恩德和音容笑貌，让母亲永远活在我们的心中。

家 风

母亲（八十四岁）父亲（百岁）虽然先后离开了我们，但他们那平凡而伟大的形象永远留在我们的记忆中。他们对这个家族的贡献和奠基性作用永远镌刻在朱家的功德簿上。他们对我们的鼓舞激励和榜样性作用永远镌刻在朱氏家人的心中，尤其是他们言传身教所形成的优良家风及其传承性作用永远载入我们朱氏家族的发展史册。

在此仅举几例。

一　走在前列，奋发向上

1956年秋，我考上响水中学。报到的那一天，我与叶桂华、徐金友、朱贵宝等几个人由家西侧大堤走向灌河口，准备在灌河口乘船到响水。正当几个同学漫不经心有说有笑时，母亲站在家门口喊道："小大子，朝前面走，走到最前面去……"我当时并不理解母亲的意思，但仍快步走到最前面，此时队伍明显加快，我陡然产生了引领的自豪感。后来慢慢领悟到"走到最前面"这句话，不单指走路，也是要树立远大志向，有比别人更加刻苦用功、更有出息的意思。从此，"走到最前面"成了我一生的座右铭。无论是在基层，还是在团长、师长、军长、军区司令员等岗位上，我都奋发向上，从不懈怠。因而我在每个岗位都取得了成绩，力求走在前列。我六十五岁从军区领导岗位退下来，一面参加全国人大常委会的工作，一面刻苦撰写《岛屿战争论》。最终我用七年时间完成作品，受到党和国家主要领导人的肯定。七十一岁退休后，我本可颐养天年，但仍退而不休，每天用五个小时撰写《金戈铁马》《叶珍》等著作。我的亲家公说他是奋斗一阵子，我是奋斗一辈子。这话虽是调侃，但我确实是把六十到九十岁看作人生的黄金收获季节。这段时间千万不能虚度，只有这样我才不辜负母亲对我的教诲。在父母的影响下，不仅我们儿辈，孙辈也在各自岗位上初显身手。在部队，恪尽职守，建功立业；在地方，各显其才，敢为人先。"走到最前面"业已成为我们全家人的共识，成为鞭策我们前进的目标和动力，成为蓬勃向上的一种家风。

二　公正无私，勤廉久长

二十世纪五十年代末六十年代初，由于天灾人祸，我国国民经济陷入严重困难。

粮食连年歉收，老百姓的生活雪上加霜，极端困苦。在困难面前，父亲作为生产队长，多次召开党员干部会议，统一思想，团结带领群众积极生产自救。生产队先是调查摸底，搞清缺粮户、缺粮人的具体情况，再采取瓜菜代、动员群众互相接济、借贷、暂时借用、以工代赈等多种途径，保证社员少炊、稀炊但不断炊，至少一天一次炊。干部党员上门做工作，保证壮劳力不外流。同时挖掘生产潜力，搞好生产备耕，留足种子，由党员、诚信可靠之家代储，确保万无一失。父母以身作则，在自家也很困难的情况下，拿出救命口粮接济他人。一日，三个妹妹饿急了，想偷吃家里代储的两大囤种子粮，刚爬上囤头，母亲发现了严厉批评说："公家粮食一粒不能动。"她看看孩子又不忍心，便转换口气说："乖乖，妈知道你们饿，你们就到水缸多喝几口水吧。"当种子粮上交过秤时，我家的种粮一斤不少，该有的自然损耗也不要，受到全队人的好评。由于上下勠力同心，攻坚克难，生产队终于战胜了长达三年的困难时期。基层干部成了民众生产生活的稳定器、定盘星。

父亲在基层干了三十年之久，为官清廉，有口皆碑。有一次，有人悄悄送一袋粮食到家里，父亲问清情况后劝诫道："生产队粮食不能动，我们有过这方面的教训，否则社员就不信任我们。你把粮食放回原处，下不为例。明天我还要去检查。"事虽小，但身正影不斜的意义重大。

有一年，三妹文兰生病，请来村医诊治。村医带来一条口袋，索要生产队公粮。父亲说："公家粮食，我无权动用，我把家里粮食匀一点给你，不要嫌少。"结果村医不满意，敷衍几日，三妹病情加重才开始挂水，先挂完半瓶，剩下半瓶放在窗户台上，第二天再挂时，三妹口吐白沫，顷刻而逝。这件事，使父亲痛心疾首，但于公，他问心无愧。

父亲去世时，县委领导亲自吊唁并赠送挽联云：

三十载村官，惠传梓里，沥血呕心谋民富；
一百龄高寿，德驻人间，品清行直振家声。

此联堪为家风的一张名片，令族人引以为荣。

三　关爱子女，倾力培养

好的父母，历来重视子女教育，只有教育好子女，才有一家好的未来。母亲苦于小时候没有机会接受文化教育，感到是终身的遗憾，但她顽强不屈，勇于改变自己的命运。一方面，她积极弥补自身的缺憾，从二十世纪五十年代的扫盲班，到六十年代的学毛泽东著作，从未间断过认字学文化。她让文俊背诵毛泽东的《为人民服务》《纪念白求恩》《愚公移山》给她听，她边认字边跟着背文章。为了认字方便，她还让孩子把字写在家里的内墙上，拐磨、拣菜、烧火、刷锅洗碗时，都忙里偷闲地看几眼、认几个。时间长了竟然认识了不少字，她还能把毛泽东的"老三篇"中的一些段落背诵下来。另一方面，她绝不让自己的缺憾在子女身上重现。我考上响水中学，需缴纳学杂书本费（含一个月伙食费六元）二十二元四角，这可让父母犯了难。他们先是卖了仔猪，又卖了一袋口粮，最后把家里的鸡鸭蛋都卖了，还凑不齐这个数。报到前一天晚上，母亲说学一定要上的，不行就去借高利贷。父亲说高利贷利息很高的，低了人家不贷。母亲说高就高，我明年多养一窝猪就够了。结果父亲穿着蓑衣冒雨去前庄借了五元一比一的高利贷。从此，这件事刻在了我的心坎上，没有父母对教育的重视，哪有我的今天。文俊小学毕业要考初中，父亲有些犹豫，不考对不起孩子，考上了又没人帮妈干活。母亲说："让她考，只要有本事，考大学也让她念。"父亲说:"我顾不上家,家里家外一大摊事,你忙得过来吗?"母亲说:"那我就早起一点,晚睡一点,白天忙不完,就夜里忙。"没几天,文俊接到录取通知书,就这样,她顺利跨进了中学的大门。

尊师重教是中华民族的优良传统,重视教育就是重视未来,"要振家声在读书"已成为全家人的风气。如今,我们这个大家庭里"大学中学小学都在学,博士硕士学士非为士",读书既为家声,更为国强。

四 孝敬父母,亲情毋忘

久病床前无孝子,这话有一定道理,但也不尽然。1999年下半年,母亲哮喘病复发,我立即将她接到南京治疗。一家人悉心照料,不敢有半点怠慢。文俊、文芳有召必到,照顾母亲的起居、洗漱、服药，洗衣洗澡，陪同聊天，推着轮椅晒晒太阳，可谓无微不至。文兵弟一家凡春节必到南京，带来很多父母喜欢吃的土特产，陪同二老高高兴兴过新年。后来父亲住院，气管切开，卧病在床，生活不能自理。两个妹妹和弟媳轮流到病房值班，昼夜护理，及时为父亲挂营养液、配药、磨药、吸痰，还为父亲梳头、洗脸、刷牙、洗脚、擦身、按摩、换尿布，防褥疮、防肺炎、防血栓、防尿路感染。她们不怕脏不怕累不嫌弃，三年如一日尽心尽孝。

外围的工作也是滴水不漏。徐荣负责后勤保障，提供生活必需品。病情加重时，我就住到医院，随时参加抢救和专家会诊，寻求最佳治疗方案。文兵则从盐城驱车六百里，守护看望。"百善孝为先"，重亲情讲团结，早已成为我家的世代家风。

当然，作为一个社会人，我认为孝不局限

于孝顺父母，孝顺父母只是孝道的开始。孝，亦包含着忠于国家、忠于事业，为人民立德立功立言，为祖宗增光添彩。正如儒家所云：孝顺父母只是"孝之始也；立身行道，扬名于后世，以显父母，孝之终也。夫孝，始于事亲，中于事君，终于立身"。

我沐党恩国恩，忝为上将军，事于亲，事于国，笔于文，须臾不敢懈惰，虽老骥仍志在尽孝。其他诸亲亦然：有全国优秀党务工作者、全国先进宣传工作者，有省市劳动模范，亦有其他多项先进获得者，在部队、地方企事业单位、党政机关等各行业都有建树，皆为国家繁荣富强、奔向小康添砖加瓦，这些都是孝道的延续。

当然，父母努力践行、传承的家风远不止于此。尚有诚实守信，勤劳节俭，乐善好施，自强自立，自信乐观，公平正义，家庭和谐，健康生活，讲礼貌、重礼仪等。

古今家庭，皆重视家法、家规、家训、家教、家风。我缺乏研究，对其内在关系、互相作用实难以昭昭，但初步认为：

家法，是指调整家族（庭）内部成员及其财产关系的一种规范。

家规，是指一个家族（庭）所规定的或遗传下来的用以教育后代子孙的行为规范、准则，较之家法内容丰富，相当于军中的内务、纪律和队列三大条令等。

家训，是指家族（庭）对子孙后代立身做人等方面所立的规矩、训诫或教导的话。似同于家规，但内容更宽泛，可比之军中的条令条例、规章制度、指令训令和要求。中国古代多有名训，如《家范》《朱子家训》《颜氏家训》等。

家教，是指家长以家训及社会公德规范为依据对子女进行的教育。家教具有直接性、面对面，亦有随机性，即兴而起、即事而起。孟母三迁、岳母刺字等属于中国古代的家教典型。

家风，亦称门风，由父母或祖辈言传身教，用以约束和规范家庭成员的风尚和作风。它体现家族（庭）成员精神风貌、道德品质、审美格调和整体气质的家族文化风格，是建立在中华文化之根上的集体认同，有一种强大的感染力量，是一个家族（庭）最好的精神不动产，需要几代甚至数代人的营造才能形成。

它们的关系应该是：家法虽与法律同源，但在现代社会中它已不应是法。家法、家规只是家庭成员内部的一种行为规范，应该从属于家训。对家风而言，家训是起规范作用的，而家教则起保障作用，家风则是家训通过家教所形成的结果，是这个家庭的名片、品牌。它是具有社会和经济价值的无形资产，对家族的传承、民族的发展都具有重要影响。

家风不可能独立存在。家风影响社会风气，社会风气亦影响家庭风尚。家风好坏与政治、经济等社会大环境有关，但又不能片面推给大环境，因为在同样的大环境下家风会有千差万别。

天下之本在国，国之本在家。家风建设关乎个人成长、社会风气、民族兴衰，因此，习近平总书记强调"要把家风建设摆在重要位置""家庭的前途命运同国家和民族的前途命运紧密相连"。

代后记
——致同学们的一封信

亲爱的同学们:

你们好!六十八年前(1956)秋,我考上响水中学。开学报到那天,我们几个同学走在屋西河堤上,有说有笑。忽然听到母亲在后面喊:"小大子,朝前面走,走到最前面去!"我心头一震,三步并成两步,走到了最前面。后来长大了,我慢慢领悟到母亲这句话。这不单指走路,也是母亲希望儿子有出息,为父母、为家乡增光添彩。从此,"走到最前面"成了我的座右铭。在学校,我是"三好学生";在部队,我是"五好战士"、学习标兵。以至于当到高级将领，我仍不敢有丝毫懈怠。如今，我虽已年届八秩，但依然每天学习不止，笔耕不辍。我的亲家翁曾调侃说，他是奋斗一阵子，我是奋斗一辈子。

追怀往事，是想告诉同学们：父母言，须在意，不能左耳进、右耳出。父母是最早的人生导师。他们的叮咛，有深情，有厚爱，有期盼，是我们成长的营养钵，前进的动力源。

从2003年春母亲逝世后，我断断续续写了一些回忆母亲的文章，一共有18篇。江苏凤凰文艺出版社的张在健社长建议我结集出一个青少年版，作为《叶珍》一书的续集。

书中《温馨的瓦罐水》一文叙述"一水三用"——洗脸、抹桌、浇菜，告诉同学们水很金贵，万物皆珍，从小要养成节俭的习惯。《三次挨打》是说"出必告、反必面",希望同学们不能在外面乱来,免得父母操心,看看此篇也许你就会少挨打、多懂事。《牧牛》《割草》《拐磨》,是我通过劳动,体会生活的艰辛,锻炼吃苦耐劳精神,增加了对母亲的感情,同时也想和你们说,从小做小事,是长大做大事的重要阶段。《砸饼砣》则是希望同学们要诚实,"瓜干可以有坑,品行不能有坑"……

本书每篇文章简短,便于你们课外阅读。这对你们的健康成长,庶几有益。希望小友们能够喜欢。

至此,再对家长们奉告几句:

"家庭是社会的基本细胞,是人生的第一所学校。"习近平总书记反复强调要注重家庭、注重家教、注重家风。我因之在《家风》一文中,列举了良好家风的几个方面，阐述家法、家规、家训、家教、家风的相辅相成，谨供大家参考。

千载岁华须润泽，一庭玉树贵栽培。岁月如画，但须不断润色加工。童心纯真，稚气可爱，然"性相近，习相远"，家长应及早关注。家长尤其应注重孩子的品德教育，引导孩子养成喜爱读书和良好的生活习惯，帮助孩子扣好人生的第一粒扣子。

当今父母，都担心孩子输在"起跑线"上，此书便是置于出发线上的一种"起跑器"。希望您的孩子能读到"她"，读懂"她"，获得助跑的力量。

预祝同学们学习进步！

作者　八旬老兵　朱文泉
2024年元旦